시계탑

시계탑

전아리

장편소설

문학동네

차례

11세

갖고 싶은 것을 갖지 않는 것은 멍청한 일이다.

나는 내가 원하는 것이면 무엇이든 손에 넣는다. 물론 때로는 아랫도리가 저려올 만큼 간절히 원하지만 절대 얻지 못하는 것도 있긴 하다. 예를 들면 우리집 개의 희고 따뜻한 털이라든가 눈꺼풀을 덮지 않고도 잠들 수 있는 금붕어의 까만 눈알 같은 것. 찰흙반죽처럼 말랑말랑한 나의 뇌를 아무리 주무르며 생각해봐도 내 것이 될 가능성이 없다고 판단되는 것들은 곧 갖고 싶은 것들의 목록에서 제외된다. 여우의 신 포도에 관한 우화는 내가 가장 좋아하는 이야기이다. 어차피 먹지 못할 것에 대해 적당한 모욕을 날려주고 미련 없이 돌아서는 여유.

병욱은 계속 머리를 긁어댄다. 녀석은 바짝 긴장하면 손톱 끝에 까만 머리때와 함께 피딱지가 낄 정도로 머릿속을 긁는다. 머리칼을 짧게 깎아놓은 두상이 못생긴 감자 같다. 우리는 몸을 낮추어 목욕탕의 매표소 앞을 지난다. 조그만 창문 안쪽의 매표소 아줌마는 군용 모포를 덮고 앉은 채로 꾸벅꾸벅 졸고 있다. 정오가 지나면 덮고 있던 모포를 반듯이 펴서 깔고 목욕탕 단골 아줌마들과 함께 화투를 칠 것이다. 비쩍 마른 병욱이 콧잔등으로 흘러내리는 안경을 연신 추켜올리며 망을 보는 동안, 나는 여탕의 탈의실로 잠입한다. 금요일 오전의 목욕탕은 한산하다. 때밀이 아줌마는 평상 위에 앉아 텔레비전을 보며 자장면을 먹는다. 역시 때를 잘 골랐다. 이제 막 유리문 안으로 들어간 젊은 여자를 제외하고는 탈의실 안에 손님이 보이지 않는다. 때밀이 아줌마가 신경쓰지 않도록 태연스럽게, 그러나 빠르게 움직인다. 보관함들이 만들어낸 좁은 골목 같은 통로 속으로 숨어들어 열쇠가 꽂혀 있지 않은 칸을 찾는다. 이 작업을 하는 동안에는 한 마리의 벌이 된 기분이다. 꿀이 듬뿍 고인 맛깔스러운 꽃을 찾아다니는 금빛 몸뚱이의 벌. 구부러진 곳 없이 빳빳하게 편 철사를 열쇠구멍 안에 밀어넣는다. 홈을 찾아 지그시 눌러 보관함을 열어내는 순간,

미열이 오르는 듯 들뜬 쾌감이 전해져온다. 그러나 이럴 때일수록 침착해야 한다. 자칫하면 꿀을 빨아들이는 벌이 아니라 남의 궁둥이에 달라붙어 피 몇 방울을 빨아 먹으려다가 대롱을 꽂아놓은 채로 눌려 죽는 한 마리의 모기가 되어버릴 위험이 있다.

"이건 얼마야?"

꼴통1이 묻는다. 나는 그가 집은 것을 낚아채어 유심히 살핀다. 보관함에서 건진 것인데 처음 보는 물건이다. 껌인 줄 알고 껍질을 까보니 미끈미끈 윤기가 돌고 납작하게 눌린 풍선 같은 것이 들어 있다. 여자는 화장품가방 안에 그런 것을 다섯 개나 갖고 다녔다. 나는 손가락 여섯 개를 펴 보인다. 꼴통1은 교복 주머니에서 돈을 꺼내 건넨다. 꼴통1이 납작한 것 두 개와 여자 팬티를 사가고 난 뒤, 병욱과 나는 재빨리 물건들을 다시 가방 속에 집어넣는다. 두번째 단골인 꼴통2를 만나러 갈 차례이다.

우리의 손님들은 대부분 중, 고등학생 오빠들이다. 나는 여자들의 옷과 소지품뿐 아니라 학교 준비물로 필요한 문구용품, 빵이나 초콜릿 같은 간식거리도 싸게 판다. 물론 모두 가게에서 훔친 것들이다. 내가 무언가를 훔쳐대는 이유는, 도둑질에 기가 막힐 정도로 재능이 있는데 그 능력을 썩혀두기가 아까워서이다.

또한 도둑질이 어째서 나쁜 것인지도 모르겠다. 여자들은 예쁜 팬티를 많이 갖고 있고(게다가 꼴통들이 특히나 좋아하는, 한동안 입어서 얼룩이 진 팬티라면 얼마든지 만들어낼 수 있을 것이고), 문방구에는 준비물이 수두룩하게 쌓여 있으며, 슈퍼 또한 이따금씩 빵에 곰팡이가 슬어버릴 정도로 먹을 것이 남아돈다. 그러나 나에겐 아무것도 없다.

오늘 수입은 꽤 짭짤했다. 병욱에게 조금 떼어주고 남은 돈으로 엄마 팬티를 샀다. 고작 이천원을 쥐어줬을 뿐인데 병욱은 들쑥날쑥한 누런 이를 드러내며 고맙다고 웃었다. 녀석은 항상 웃는 얼굴이다. 남의 말에 고개를 잘 끄덕이며, 목을 자라처럼 약간 앞으로 빼고 다니는 습관이 있다. 작년에는 겨우내 겉옷도 없이 황토색 스웨터만 줄기차게 입어대더니 요즘은 제 몸집의 두 배쯤 되는 형의 비둘기색 점퍼를 물려받아 입고 다닌다. 등에 몇 줄로 바느질 자국이 드러난 점퍼를 보면 영락없이 자라의 등껍질 같다.

아버지는 방구석에서 누에고치처럼 이불로 몸을 말고 잔다. 신발들 틈에 몸을 묻고 있던 개가 발치로 다가와서 강중거린다. 몇 달 전 옆 동네에 놀러 갔다가 대문이 열려 있는 어느 집 마당에서 훔쳐온 개다. 그땐 강아지였는데 이젠 타고 다녀도 좋을 만큼 꽤 컸다. 아쉽게도 개가 왼쪽 뒷다리를 절어서, 등에 올라탈 수는 없다. 기왕이면 몰티즈나 요크셔테리어처럼 귀여운 것을 훔쳐올 걸 어째서 저리 모자란 놈을 주워왔는지 모르겠다.

개가 한쪽 담벼락에서부터 시작해 네 발짝 정도 경중거리면 맞은편 담벼락에 코를 찧을 만큼 비좁은 마당 구석에 엄마가 내놓은 망가진 라디오가 보인다. 라디오 위에는 아버지의 살비듬 같은 먼지가 쌓여 있다. 꺾인 안테나 사이로 제법 촘촘한 거미줄이 드리워졌다. 아버지가 라디오를 방바닥에 집어던진 이후부터, 라디오는 공기중에 무수히 얽혀 있는 전파 속에서 떨어져나와 외톨이가 되었다. 오랫동안 그늘에서 지내온 라디오는 얇게 빛나는 거미줄을 통해 혼자만의 주파수를 뿜어내는 듯하다. 디제이이자 청취자인 스스로를 위한, 혹은 언 흙 속에서 숨죽이며 듣고 있을 발 시린 생명들을 위한 방송.

"엄마는 흰색을 좋아해."

엄마가 말한다. 나는 조금 난처한 표정으로 캣우먼의 의상처럼 까만 팬티를 본다. 그러나 엄마는 양 손가락으로 고무줄을 당겨보더니, 꽤 만족한 표정이다. 아버지가 방바닥에 누운 채로 목덜미를 긁어대며 엄마를 못마땅하게 쳐다본다.

"밥 가져와."

늘 명령조이다. 엄마보다 키도 작은 주제에.

아버지가 집에서 놀기 시작한 것은 삼 년 전부터였다. 도시락
통을 만드는 공장의 공장장이었던 아버지는, 공장이 망하고 나자
백 개 가까이 되는 도시락통을 들고 집으로 돌아왔다. 한동안은
길거리에 나가 도시락통을 파는 것 같더니, 언제부터인가 종일
집구석에서 꼼짝도 하지 않았다. 나는 빈 도시락통을 들고 다니
며 재미있는 놀이를 구상했다. 도시락통 속에 죽은 벌레나 오줌
같은 것을 넣어서 남의 집 대문 앞에 놓고 오는 것이다. 일명 정
신을 확 깨워주는 깜짝선물 놀이였다. 그러나 같은 디자인의 도
시락통 때문에 금방 꼬리가 잡혔다. 사람들이 찾아와 욕을 지껄
여댔지만 아버지는 별말 하지 않았다. 그 무렵의 아버지는 삶에
별 의욕이 없어 보였다. 정작 깜짝 도시락 선물을 안겨줬어야 했
던 사람은 아버지였다. 방구석에 누워 텔레비전을 보는 아버지를
보고 있으면, 저러다 어느 순간 방문을 열어보았을 때는 분명 길
쭉한 베개가 되어 있을 거라는 생각이 들었다.

엄마는 미용실에 다닌다. 아버지가 백수가 된 이후로는 근무시

간이 더욱 길어졌다. 주기적으로 난폭해지는 아버지 때문에, 일이 없는 주말에도 가게에 나간다. 엄마는 예쁘다. 키도 크고 적당히 늘씬하며 살에서는 복숭아 냄새가 난다. 내가 엄마의 딸이 아니고 지금보다 열 살만 더 많은 남자였다면 엄마에게 프러포즈를 했을 것이다.

"엄마 말이야, 사랑하는 사람이 생겼어."

엄마가 부엌 문턱에 앉아 있는 내게 말했을 때도 나는 놀라지 않았다. 젓가락의 짝을 맞추는 엄마의 팔뚝에는 아버지가 남긴 멍 자국이 파란 샘처럼 얼룩져 있었다. 가스레인지 위에서는 조갯살을 넣은 미역국이 끓고 있었다. 엄마는 예쁘고 젊고 돈도 번다. 멍청한 계집애들처럼 함부로 울지도 않고, 화날 때는 분통을 터뜨리는 대신 입술을 닫고 청동 동상처럼 굳어버린다. 그럴 때면 나는 평소보다 더욱 엄마의 품에 안겨 있고 싶어 안달이 난다.

"어떻게 되든 엄마는 연이랑 같이 살 거야."

엄마는 손등으로 내 볼을 쓰다듬으며 말한다.

그럼 난 세상 어떤 여자들보다 많은 팬티를 사줄게, 엄마.

수업이 끝나자 우리 반 교실 앞에 서서 기다리고 있던 병욱이 다가온다. 병욱과 나는 학교 화단에 쭈그리고 앉아 언 나뭇가지

들을 부러뜨린다. 오늘은 우리 반 반장 여자애 생일이다. 그애는 반 애들 전부에게 초대장을 돌렸다. 색도화지를 하트 모양으로 오려 반을 접은 초대장에는 학교 옆의 아파트 주소가 적혀 있다.

"네가 연이구나, 예쁘게 생겼네."

반장 엄마가 말한다. 이 집은 방이 네 개고 화장실이 두 개다. 한쪽에서는 오줌만 싸고 다른 한쪽에서는 똥만 누라고 만들어진 건가. 텔레비전도 두 개, 청소기도 두 개, 케이크도 두 개, 김밥 접시와 잡채 그릇도 두 개. 반장네 집에는 뭐든지 두 개씩 있다. 2라는 숫자 옆에 1을 세워두면 어쩐지 불구처럼 보인다. 그 자체 만으로도 온전한 하나의 숫자임에도 불구하고 말이다.

반장과 아는 사이는 아니지만, 퍼 먹는 아이스크림 한 개를 선 물로 사간 병욱도 함께 생일축하 노래를 부른다. 우리는 양파가 들어간 떡볶이 국물에 김밥을 찍어 순식간에 전부 먹어치운다. 상을 물리고 나자 모두들 거실에 둥글게 원을 그리고 앉아 게임 을 한다. 아이엠그라운드와 술래잡기가 주 종목이다. 술래잡기가 다섯 판 넘게 돌아가도록 내 등뒤에는 수건이 놓이지 않는다. 아 랫배에서 무언가 굳어 있던 것이 사르르 풀리는 듯 나른한 통증 이 느껴진다. 거실의 화장실에 다른 아이가 들어가 있어서, 반장네 엄마는 직접 안방에 있는 화장실까지 데려다준다.

화장실 안에서는 포도 냄새가 난다. 나는 악취도 삼켜버릴 만큼 달착지근한 냄새의 정체를 찾아 두리번거리다가, 선반 위에 놓인 작은 유리단지를 본다. 유리단지 안에는 물고기의 알처럼 투명하고 동그란 보랏빛 알갱이들이 잔뜩 들어 있다. 조심스럽게 손가락을 넣어 만져보자, 미끈하고 탱탱한 탄력이 손끝에 스며든다. 나는 바짓주머니를 벌려 알갱이들을 쏟아넣는다. 그 옆에 놓인 얇은 은빛 줄의 시계도 챙겨넣는다.

남색 추리닝을 사야 한다. 비닐처럼 차갑고 바람에 펄럭이는 것이어야 한다. 기왕이면 바지 양옆에는 흰색 삼선이 그어져 있는 게 좋겠다. 요즘 잘나가는 애들은 다들 체육시간에 남색 추리닝을 입는다. 그중에도 중학교 언니들과 선후배 사이를 맺은 '진짜' 잘나가는 애들은 아디다스나 나이키 로고가 새겨진 추리닝을 입는다. 그 무리들의 눈에 띄지 않게 눈치껏 아다다스나 네이키 로고가 새겨진 짝퉁을 사야 한다. 그애들은 패거리 외의 아이들이 똑같은 로고의 추리닝을 입고 있는 것을 보면 학교 뒤편으로 불러낸다. 일단 학교 뒤편으로 나가게 되면 선택의 길은 두 갈래뿐이다. 많은 구경꾼들의 관심 속에서 당당히 주먹을 휘둘러

패거리 안에 들어가든가, 실컷 맞고 로고 한 부분을 뜯어내든가. 당장 싸움에 이길 수 있는 실력이라 해도 그 패거리 안에 들어갈 생각이 없다면 그냥 맞는 편이 좋다고들 한다.

"연아, 좀 나와봐."
저금통을 뒤집어 털고 있는데 밖에서 엄마가 부른다.
"네가 시계 가져왔니?"
엄마가 묻는다. 열린 대문 너머로 서 있는 반장네 엄마는 미안해하는 듯하면서도 확신과 경멸이 섞인 눈빛으로 나를 쳐다본다. 잠시 차갑고 묵직한 침묵이 지나간다. 자기 것을 빼앗기고, 잃어버린 쪽이 바보다. 나는 강한 여자아이이므로 엄마가 다른 여자 앞에서 비참해지지 않도록 지켜내야 한다. 굳은 침을 삼키며 반장네 엄마의 긴 치마 위에 새겨진 달맞이꽃 무늬를 본다.
"전 그냥 배탈이 나서, 변기만 쓰고 나왔는데……"
나는 겁먹은 듯 눈을 크게 뜨고 입술을 깨문다. 싸르르한 배의 통증을 다시금 떠올리자 얼굴빛까지 창백하게 변해가는 듯하다. 엄마가 내 어깨를 다독이며 아줌마를 노려본다. 그냥 혹시나 해서 와본 거라느니, 예물시계라느니 둘러대던 아줌마가 돌아선다. 끝내 사과는 하지 않는다. 엄마는 골목에서 멀어지는 아줌마의 자줏빛 코트를 한참 동안 쳐다보더니 나를 내려다본다.

"연아, 배가 아팠니?"

진료실에서는 오래 신은 신발에서나 풍길 법한 고린내가 난다. 늙고 뚱뚱한 의사 노인의 가운은 누렇게 빛이 바랬다. 의사는 쇠막대기로 혀를 눌러 목구멍을 살피고, 청진기로 배꼽 주변을 한참 동안 짚어본다. 그의 기름진 머리카락 사이에 비듬이 너무 많다.

"요즘 뱃속에서 푸드득거리는 소리를 들은 적 없나?"

의사가 묻는다. 그러고 보니 배탈이 났을 때 일시적으로 뱃속에서 구르륵거리며 하수구 물 빠지는 소리가 났었다. 그는 무어라고 대꾸해야 할지 몰라 고민에 빠진 나의 대답을 기다리지 않고 말을 잇는다.

"뱃속에 까마귀 새끼가 있군그래. 혹시 작고 까만 알 같은 것 삼킨 적 있나?"

나는 미간을 찌푸린다.

"먹은 음식 중에 함께 섞여들어갔을 수도 있겠군. 아무튼 중간쯤 자란 까마귀가 살고 있어. 수컷이고. 그놈이 날아오르거나 부리로 쪼아대서 배가 아픈 거지."

의사는 약간의 권태로움이 섞인 얼굴로 진지하게 말한다. 엄마는 평소처럼 미소를 띠거나 따뜻한 손길로 내 머리를 쓰다듬지도 않은 채, 말이 없다. 곁에 서 있던 간호사가 의사에게서 진단서를 받아간다.

"착하게 살아야 한다. 까마귀를 화나게 하면 나중엔 배를 가르는 수술을 해야 되니까."

진료실을 나오며 뱃속의 까마귀를 기분 좋게 하는 것과 내가 착하게 사는 것이 무슨 상관이 있는지에 대해 생각한다. 까마귀의 알이 정말 새까만지도 의심스럽다. 아무튼 지금 당장 나를 안심시킨 것은 차가운 침대에 드러누워 주사를 맞지 않아도 된다는 사실이다.

아버지가 폭발했다. 나는 인형의 집 조립세트를 맞추느라 자잘한 부속들을 방바닥에 늘어놓고 있었다. 화장실에 다녀오던 아버지가 작은 플라스틱 조각을 밟고 신경질적으로 비명을 질렀다. 아버지는 조립세트들을 모조리 마당 밖으로 집어던지고는 내 등을 걷어찼다. 그러고는 어디서 돈이 생겨 샀느냐고 다그쳤다. 얼떨결에 엄마가 사주었다고 대꾸했다. 그날 밤 아버지는 엄마에게 자신 몰래 숨겨둔 돈이 있는 게 아니냐며 방 안을 뒤집어엎었다.

아버지는 사나흘에 한 번씩 폭발하여 물건을 깨부수는 것으로 자신의 존재를 일깨운다. 끊임없이 엄마의 몸에 상처를 남기고, 그 상처를 분신 삼아 엄마의 몸에 기생한다.

아버지가 행패를 부리는 동안 내 뱃속의 까마귀는 숨죽인 채 몸을 오그리고 있었다. 나는 마당 구석에서 개를 끌어안은 채로 발밑에 침을 뱉었다. 그러고는 휴지뭉치를 씹은 듯 건조해진 입으로 뇌까렸다. 이런 비겁하고 더러운 까마귀 새끼 같으니라고. 어서 푸드덕거리며 날아가서 아버지의 팔뚝을 물어뜯으란 말이다.

아버지와 싸운 날이면 엄마는 부엌에서 밤을 지새운다. 부엌문 틈새로 겨울 밤바람이 불어와 엄마와 내 손등을 파랗게 얼린다. 나는 숟가락 두 개를 양쪽 눈에 대고 울트라맨 흉내를 낸다. 바가지를 뒤집어쓰고 맹구 춤을 추기도 한다. 엄마는 웃지 않는다. 엄마의 눈물샘과 내 눈물샘 사이에는 보이지 않는 전파가 흐르고 있는 모양이다. 엄마가 슬픔의 주파수를 보내면 내 눈가도 덩달아 아프게 짓무르기 시작한다. 우리들 마음은 낡은 라디오, 우리는 엉뚱한 디제이라네, 이건 엄마랑 나랑만 들을 수 있는 방송이라네. 새어나오려는 눈물을 참을 때면 늘 그래왔듯 나는 마음속으로 엉터리 노래를 지어 부르기 시작한다.

"우리 여행갈까?"

엄마가 나를 끌어앉히며 묻는다. 나는 턱이 아플 정도로 고개를 끄덕인다.

"엄마 친구랑 같이 셋이서 가자. 우리 낚시도 하고 닭도 삶아 먹고 오자."

개도 데려가도 되는지 묻고 싶었지만 잠자코 있었다.

그리하여 나는 바빠졌다. 여행을 위해서는 장만해야 할 것이 많다. 내 몫의 비상금, 맥가이버 칼, 기차 안에서 읽을 만화책, 낚시를 위한 지렁이 미끼(이것은 엄마 몰래 가져가는 게 좋겠다) 등등.

"네가 연이구나."

일요일 오전, 엄마의 친구를 소개받았다. 그는 키가 크고 잘 웃는 편이다. 줄담배를 피워대서인지, 이가 누런 것이 유일한 흠이다. 우리는 감자탕 집으로 향한다. 그와 엄마는 소주를 한 병 시켜 조금씩 나누어 마신다. 나는 카운터에 놓인 얇은 성냥갑을 한 움큼 몰래 집어 그가 눈치채지 못하게 코트 주머니에 넣어준다.

식사 도중 분위기가 조금 썰렁해진 듯한 틈을 타서, 내 뱃속에 들어 있는 까마귀에 대해 이야기했다. 그는 아주 큰 소리로 웃었다.

"난 한때 뱃속에 고래를 길렀어."

그가 말했을 때, 어쩐지 우리 둘이 친구가 될 수 있을 것 같다는 예감이 들었다.

"거대한 흰수염고래였지. 지금쯤 아마 태평양 한가운데서 헤엄치고 있을걸. 포부가 큰 놈이었거든."

나는 그 커다란 고래가 어떻게 몸속에서 빠져나갔느냐고 물었다. 그는 뜸을 들이며 냄비 속에서 살이 두툼하게 붙은 돼지뼈를 골라내 윤기가 날 때까지 빨아 먹었다. 한참이 지나 두 병째로 이어진 술 탓에 약간 불그스레해진 얼굴로 그가 말했다.

"어느 날 오줌을 누다가."

한겨울이라 지렁이는 잡을 수 없었다. 대신 병욱이 장마철부터 쭉 길러오던 달팽이 중 몇 마리를 주었다. 물고기가 달팽이를 먹는지는 알 수 없었으나 빈손으로 가는 것보다는 나을 듯했다. 나는 병욱을 학교 뒤편의 분식집에 데려간다. 떡볶이와 순대를 주문하고, 아줌마가 바쁜 틈을 타서 튀김 몇 개를 집어 주머니 속에 감춘다. 병욱은 손자국으로 얼룩진 돋보기안경을 눈 앞머리까지 비짝 올려 낀 채로 불안한 듯 가게 안을 두리번거린다. 녀석은 어릴 때부터 나하고만 붙어다녀, 다른 친구가 없다. 내가 만약 영영 안 돌아오게 된다면 병욱이 녀석은 언제까지나 혼자서 도시락을 먹고, 학교 담벼락에 대고 공을 차며 놀게 될 것이다.

"너 이거 더 먹어."

나는 정확히 반으로 나눈 내 몫의 삶은 계란을 녀석의 앞에 밀어준다. 병욱은 떡볶이 양념이 묻은 입술로 나를 향해 웃는다.

한때 병욱은 우리 엄마를 좋아했었다. 매일같이 엄마의 미용실을 찾아가 덥수룩해진 머리카락을 조금만 더 짧게요, 짧게 하며 찔끔찔끔 자르다가 결국은 파르스름한 자국만 남은 스님의 머리가 된 적도 있었다. 등굣길마다 엄마에게 전해달라며 야쿠르트를 사서 건네기도 했다. 물론 내가 다 마셔버렸지만. 병욱이네 엄마는 시장에서 고기를 판다. 널찍하게 자리를 차지한 병욱이네 노점에는 갈색 고무통마다 반토막난 개의 몸뚱이가 거꾸로 꽂혀 있다. 가끔은 공부를 잘하기로 소문난 병욱이네 형이 허공을 향해 쳐든 개들의 발바닥 사이에 앉아 책을 보며 가게를 지키기도 한다. 병욱은 개고기를 많이 먹어서 그런지 개 짖는 소리를 기가 막히게 흉내낸다. 녀석은 곤란에 처하거나 기분이 안 좋아지면 거의 반사적으로, 발에 차여 끼깅거리는 개의 울음소리를 낸다. 병욱도 함께 여행을 떠나면 좋겠지만, 그렇게 되면 나를 부러워할 사람이 없어진다. 녀석이 여행담을 기대하며 쓸쓸히 나를 기다리고 있어야지만 조금이라도 집으로 돌아오고픈 마음이 생길 것이 아닌가.

미용실 소파는 부드럽다. 파마약 냄새가 풍기는 분홍색 쿠션을 베고 누운 채로 내 순서를 기다린다. 나는 머리카락을 조금 다듬고 고불고불하게 트위스트 파마를 하기로 했다. 석유난로가 뿜어내는 열 기운 너머로 엄마의 치맛자락이 흔들린다. 엄마는 낙타를 닮은 동네 아줌마의 짧은 머리칼을 파마롤로 말고 있다. 희정 언니는 미용실 구석 건조대에 젖은 수건들을 넌다. 언니는 키가 작고 뚱뚱한 편이다. 얼굴을 뒤덮은 여드름 피부를 가리기 위해 화장을 매우 두껍게 하는데, 언젠가는 비디오 가게 아줌마가 얼굴에 포스터컬러 물감을 칠하고 다니느냐고 물어서 경찰서에 끌려갈 정도로 싸운 적이 있다. 미용실 벽에는 낡은 그림 액자가 걸려 있다. 액자 속 그림에는 두 남녀가 갖가지 색상의 천 쪼가리를 덧댄 화려한 노란빛의 이불을 뒤집어쓰고 있다. 남자는 여자의 뺨에 입을 맞춘 자세다. 이불 밖으로 드러난 여자의 시커먼 발가락이 유연하게 구부러진 것을 보아하니 몹시 행복해하고 있는 듯하다. 이불 끝자락에 달린 개나리 덤불 같은 술이 여자의 발목에 닿아 있다. 나는 문득 근지러워지는 발목을 긁적인다.

눈꺼풀을 깜박거린다. 속눈썹에 걸려 있던 머리카락이 가운 위로 떨어진다. 뒷덜미에서 가벼운 가윗소리가 들려온다. 머리칼을 스치는 철제 가윗소리는 편지지 위를 사각거리는 연필 소리를 닮았다. 나른하고 간지러운 졸음이 몰려온다.

"언니 그만두면 여긴 어쩐대."

바닥의 머리칼을 쓸던 희정 언니가 말한다. 내 머리가 중력을 못 이긴 사과처럼 떨어져내리려 할 때마다 엄마는 이마를 손으로 받쳐 고개를 다시 세워준다.

"근데 언니, 그 오빠가 연이는 맘에 들어해?"

엄마가 분무기로 내 머리칼을 적신다. 쉭쉭, 물이 분사될 때마다 가루처럼 작아진 물의 입자들이 귓불과 뺨에 내려앉는다. 찬기운에 잠깐 깨어난 나는 목젖이 보일 정도로 입을 벌려 긴 하품을 한다.

파마는 하지 못했다. 곧 엄마 친구인 고래 사나이가 찾아왔기 때문이다. 엄마가 손을 씻으러 간 사이 희정 언니는 거친 감촉의 스펀지로 내 콧잔등에 묻은 머리칼을 털어준다. 그는 장미꽃다발을 들고 있다. 엄마는 그의 뒤를 따라 먼저 가게를 나간다. 나는 희정 언니를 도와 미용실 문을 닫고, 함께 길을 나선다.

"요 기집애는 볼 때마다 뭐 이리 쪼끄매."

희정 언니가 내 머리칼을 잡아당기며 말한다. 언니의 우윳빛 구두는 차가운 보도블록 위에 세련된 굽소리를 찍어낸다. 인조 가죽에 상처가 날 때마다 비슷한 색의 매니큐어로 덧칠을 해댄 탓에 구두는 얼룩덜룩하다. 지금 집에 가봤자 아버지의 못마땅한 눈초리만 감당하게 될 것이 뻔하여, 희정 언니를 따라 옆 골목으로 들어선다. 반지하로 통하는 녹슨 현관문이 열리는 소리에 나는 언젠가 배웠던 파블로프의 개처럼 군침을 삼킨다. 김치와 계란, 파를 썰어넣고 고춧가루를 두 수저나 풀어 끓여주는 언니의 라면 맛은 일품이다. 운이 좋은 날은 햄조각이나 소시지가 들어가기도 한다. 언니는 냉장고에 굴러다니는 재료를 넣어 만들었다 하여 쓰레기라면이라고 부른다.

방은 작고 따뜻하다. 네 벽면에는 길거리에서 몰래 떼어온 영화포스터들이 겹겹이 붙어 있다. 구석에 빨랫더미가 쌓여 있긴 하지만 우리집에 비하면 양호하다.

"언닌 남자친구 없어?"

내가 묻는다. 편한 잠옷 차림의 언니는 텔레비전 채널을 돌리며 등을 긁적인다. 나는 목이 늘어난 언니의 티셔츠를 걷어올리고 붉은 여드름이 솟은 등을 긁어준다. 언니는 할머니처럼 등을 구부리고 앉아, 빈 콜라 캔을 재떨이 삼아 담배를 피운다.

"연이야, 커서 남자는 만나도 담배는 피우지 마라."

나는 발치에 놓여 있는 담뱃갑을 내려다본다. 코미디 프로그램이 끝난 뒤 언니는 나를 집 앞까지 데려다준다. 우리집 대문 앞에서 고무슬리퍼를 끌며 돌아서는 언니의 뒷모습이 어쩐지 병든 독거노인처럼 처량해 보인다. 언니가 하루빨리 새하얀 가죽 하이힐을 신고, 장국영과 함께 결혼식장에 들어서면 좋을 텐데.

희정 언니의 빨지 않은 스타킹은 예상대로 높은 값에 팔렸다. 사방에서 낚아올린 물건들을 전부 팔아치운 병욱과 나는 시장 뒷골목 잡화점에 간다. 잡화점이라고 해봤자 빈 사과 박스 위에 잡동사니를 늘어놓은 노점에 불과하다. 나는 제일 가격이 싼 맥가이버 칼을 집는다. 통조림을 딸 수 있는 기능에 감탄하자, 주인남자는 '사람 목도 딸 수 있지'라며 시늉을 해 보인다. 반사적으로 뒷걸음질친 병욱이 주인남자를 향해 컹컹, 개 짖는 소리를 낸다.

여행을 며칠 앞두지 않은 요즘, 엄마와 아버지 모두 매일 술을 마신다. 엄마는 밖에서 돌아오면 오랫동안 양치질을 하고 옷을 갈아입지만 숨결에 묻어나는 맵싸한 소주 냄새는 감출 수가 없다. 얼굴이 붉어질 정도로 술이 과했다 싶은 날은 입에 밴 술냄새를 없애려 생쌀을 한 움큼씩 씹는다. 아버지는 밤낮을 가리지 않고 방바닥에 오징어와 쥐포를 늘어놓은 채 소주를 마신다. 어느 날은 방문을 열자마자 노숙자가 침입한 줄 알고 비명을 지를 뻔했다. 아버지는 도통 씻지 않아 고약한 악취를 풍기며 날짜 지난 신문지와 검은 비닐봉지 사이에서 마른 오징어의 껍질을 씹고 있었다. 만취한 다음날은 온종일 잠만 자기 때문에, 나로서는 오히려 잘된 일이다. 다만 내가 없는 사이에 개까지 안주로 삼아 씹어 삼키지 않기만을 바랄 뿐이다.

담임선생님에게 여행에 대해 이야기를 해야 하나 고민중이다. 종례가 시작되기 직전에 얘기하기로 마음먹고 교탁 가까이 다가가려는 순간, 선생님은 당장 자리로 돌아가라고 소리를 질렀다. 내가 변명을 할 틈도 없이 그녀는 창가의 화분에 침을 뱉는 아이를 불러내어 손바닥을 때렸다. 피부병에 걸려 털이 빠진 고양이 꼬리처럼 눈썹이 유독 듬성듬성한 선생님은 늘 울상을 짓고 다닌다. 반 아이들은 선생님이 두 돌 지난 쌍둥이를 키우면서 학교에 다니는 것이 힘든 모양이라고 한다. 연극작가인 남편이 돈을 많이 벌지 못하기에, 선생님은 학교를 그만둘 수 없다고도 한다. 지난번 환경미화 때 교실 뒤편을 꾸며놓은 외국의 푸른 바다 사진

앞에서 메마른 한숨을 내쉬는 것을 본 적이 있다. 그렇다고 해서 선생님이 쌍둥이와 남편을 지게에 얹어 내다버리고 혼자 기타를 치며("기타로 오도바이 타자", 같은 노래를 부르며) 수정구슬빛의 바다로 떠나지는 못할 것이다. 무언가를 갖는 것보다 어려운 게 버리는 것이다. 오래 갖고 있었던 것일수록 미련이 돼지비곗살처럼 덕지덕지 붙어서 버리기가 힘들다. 이건 내가 특별히 분석한 결과인데, 갖고 있었던 것을 함부로 내다버리게 되면 버려진 것들로부터 각종 저주를 받게 된다. 아까움, 심심함, 외로움, 그리움 등이 그 예다. 나도 얼마 전에 저주를 받았다. 벽에 붙여두었던 큼직한 스티커가 마음에 들지 않아 버리려고 잡아떼었는데, 벽지까지 덩달아 뜯겨져 벽 귀퉁이가 허옇게 벗겨진 것이었다. 저녁을 먹고 있던 아버지가 내 이마를 수저로 내리쳤다.

고래 사나이는 적극적이다. 내가 보는 앞에서 엄마의 손을 잡고, 이따금씩 불시에 끌어안기도 한다. 그럴 때마다 엄마는 기겁을 하고 주위를 두리번거린다. 그래 봤자 희정 언니도 퇴근하고 난 미용실 안에는 낡은 미용도구들과 사람들이 남기고 간 머리카락, 그리고 나밖에 없다. 나는 고래 사나이가 사온 순대를 소금에 찍어 먹으며 여행지에 대해 묻는다. 그는 어디든 좋다고 건성으로 대답할 뿐, 내 질문에는 별 관심이 없는 듯하다. 당연히 바다로 떠나리라는 대답을 예상했던 나는 조금 실망했지만 그러려니 한다. 고래 사나이는 엄마가 원하는 것이라면 뭐든 사주겠다고 말한다. 퍽퍽한 간을 씹다가 문득, 아버지가 떠오른다. 그러고 보니 저녁때 개에게 밥 주는 걸 잊었다. 고춧가루 섞인 소금을 손으로 찍어 먹는다. 혓바닥이 오그라들 만큼 짜다.

여행 날짜가 이틀 앞으로 다가왔다. 아버지가 누워 있는 엄마의 다리를 밟아대며 시비를 걸었으나 엄마는 반응하지 않는다. 몹시 아픈 표정으로 다리를 감싸쥐고 있을 뿐, 부엌으로 나가지도 않는다. 서랍장을 뒤엎었을 때도, 하늘을 오랫동안 날다가 떨어져 죽은 새의 시체처럼 널브러져 있는 옷가지들을 말없이 개켜 넣기만 했다. 아버지는 더욱 사나워져서, 검은 털로 뒤덮인 짐승처럼 포효한다. 엄마가 심하게 다치면 당장 뛰쳐나가 고래 사나이를 불러야 한다고 생각했다. 그러나 술병이 엄마의 발등을 내리찍은 순간, 그에 대해 내가 아는 게 없다는 것을 깨달았다.

무자비한 아버지의 피는 내 탱탱한 핏줄 안에서도 맹렬하게 흐르고 있는 모양이다. 오늘 점심시간에, 반장이 나를 도둑이라고 몰래 소문내고 다닌다는 사실을 알았다. 나는 일단, 아버지가 늘

하던 대로 반장의 책상 위에 도시락 밥통을 엎었다. 어느 정도 기선이 제압되었다. 반장이 화장실을 두 개 갖고 있다고 해서 입도 두 개 갖고 있는 것은 아니었다. "입이 걸레 같은 년"이라고, 희정 언니에게서 배운 대로 내뱉었다. 뒤이어 반장이 내 뺨을 때린 후의 일은 자세히 기억나지 않는다. 그애의 순두부 같은 뺨을 향해 주먹을 꽂고, 민들레의 질긴 뿌리를 잡아뽑던 솜씨로 머리칼을 움켜쥐었을 때의 그 아찔한 쾌감만이 생생할 뿐이다. 반장이 무턱대고 휘둘러댄 주먹이 내 코를 강타했을 때 느꼈던 얼얼하고 매운 통증조차도 이루 말할 수 없이 시원했다. 무엇보다 최고의 희열을 맛본 순간은 수많은 아이들의 관심이 나에게로 집중되어 있다는 사실을 알아챘을 때였다.

병욱이 양동이에 물을 받아와 끼얹는 바람에 싸움이 끝났다. 아이들 몇이 병욱을 쥐어박았다. 물이 뚝뚝 떨어지는 원피스 차림의 반장은 서럽게 울기 시작했다. 곧 담임선생님이 달려왔다. 반장의 추종자들이 그애를 둘러싸고 등을 두드리며 달래주었다. 나는 선생님이 제대로 확인할 때까지 코피가 멈추지 않도록 고개를 약간 숙이고 있었다.

집에 오는 길에 병욱은 아까 내 얼굴이 너무 빨개서 금방이라도 살갗이 툭툭 터지며 뜨거운 불꽃이 피어오를 것 같았다고 말한다. 그래도 걸레가 담겨 있던 양동이는 한 번 헹구어서 물을 받아왔다는 걸 보면, 영 생각이 없는 녀석은 아니다. 선생님은 엄마를 모셔오라고 했지만 어차피 이틀 뒤에 여행을 떠날 것이기 때문에 내일은 학교에 가지 않기로 했다. 싸움도 해보니까 할 만하다. 다만, 싸우고 난 뒤에 아이들이 날 바라보던 눈빛만 제외한다면 말이다. 대부분의 아이들은 그 순간부터의 따돌림을 진정한 공격이라고 생각하는 것 같았다.

다음날 아침 일찍 반장네서 훔쳤던 손목시계를 쥐고 개와 함께 동네 뚝방으로 간다. 오줌이 넓적다리를 타고 질질 흘러내리듯, 뚝방 아래 개천은 기분 나쁘게 흐른다. 비린내와 구린내를 풍기는 물길 속에는 깨진 소주병과 고무 슬리퍼, 타다 만 종이상자들이 뒤섞여 나뒹군다. 개는 느긋한 걸음으로 부석거리는 마른 풀들을 밟고 다닌다. 나는 시계를 흙 위에 던져놓고, 돌멩이를 집어들어 있는 힘껏 유리판 위에 내던진다. 깨지지 않는다. 비싼 것일 거라는 생각에 조금 아까운 마음이 스쳐가려던 차, 몇 걸음 떨어진 곳에서 투명한 비닐봉지를 발견한다. 굳은 진흙이 들러붙은 비닐봉지 안에 시계를 넣고 침을 뱉는다. 오줌도 넣고 싶지만 아쉽게도 나오기 전에 화장실에 다녀왔다. 비닐봉지를 잘 묶어 개천을 향해 힘껏 던진다. 풍—덩. 개가 내 곁으로 다가온다. 비닐봉지는 개천의 한 자락을 부여잡고 미친년 치맛자락처럼 펄럭거린다. 누군가 사용하던 물건에는 그 사람의 혼이 묻어 있다고 한다. 시계의 무게 때문에 영영 개천을 떠나지 못하는 저 비닐봉지처럼, 부정을 탄 반장의 운명도 곧 구질구질해질 것이다.

학교에 가는 대신 뚝방에서 개와 함께 도시락을 나누어 먹는다. 웬만하면 좀더 그럴싸한 곳을 찾아 휴식을 취하고 싶었지만, 학교에 가지 않은 대낮의 햇빛은 생각보다 너무 밝아서 몰래 숨어 있을 만큼 그늘진 곳이 없다.

엄마가 국자에 설탕과 소다를 녹여 만들어준 뽑기를 핥는다. 엄마는 짐이 든 가방을 부엌 싱크대 밑에 숨겨두었다. 아버지는 엄마에게 돈을 뜯어서 어디론가 외출하고 없다. 내일이면 고대하던 여행을 떠나는데, 엄마는 그리 즐거워 보이지 않는다. 혹시 아버지를 동정하는 걸까. 뽑기가 딱딱하게 들러붙은 국자를 싱크대에 던져넣는 찰나 대문 열리는 소리가 들린다. 좁은 마당을 가로지르는 아버지의 발소리가 심상치 않다. 엄마의 어깨가 움칠거린다. 아버지는 다짜고짜 부엌에 들어와 엄마의 얼굴을 구타하더니, 방으로 끌고 들어간다. 순식간에 벌어진 일이었다. 방 안에서는 엄마의 비명소리가 함부로 불어대는 리코더 소리처럼 불거진다. 열린 방문 틈을 들여다보았을 때, 아버지는 엄마의 옷을 잡아 뜯어 벗기려 하고 있었다. 엄마는 머리칼이 산발이 된 채로 아버지의 얼굴을 할퀴어댄다. 나는 엄마의 여행 계획이 아버지에게 들킨 게 아닐까 싶어 두려워진다. 여행까지는 아니어도 고래 사나이의 존재는 대충 눈치를 챈 모양이다. 아버지는 지독한 먹물을 분사하는 붉은 문어처럼, 술냄새를 흩뿌리며 바지를 벗는다. 엄마가 아버지의 배를 걷어차자, 아버지의 두 손이 엄마의 목을 조르기 시작한다. 조바심 때문에 발바닥이 증발해버릴 것 같다. 멍청하게도 눈물이 나려고 하는 순간 재빨리 노래를 지어 부르기 시작한다. 아, 이 개 같은 눈물― 아, 이 개 같은 눈물― 그때, 아버지의 절규와 같은 비명이 솟구친다. 방문이 열리더니 엄마가 뛰어나온다. 엄마는 신발을 들고 대문 밖으로 뛰쳐나간다. 서둘러 뒤따라 나갔지만, 엄마는 골목의 어둠 속으로 고꾸라질 듯 달려가고 있었다. 나는 아버지가 쫓아오지 않나 살피며 엄마에게 소리쳤다.

"엄마! 짐은 내가 가져갈게!"

엄마가 어둠 속에서 뒤를 돌아보았던가.

"내일 아침 열시쯤 만나, 엄마!"

엄마가 모퉁이를 돌아 사라진다.

아버지는 방 안에서 대자로 뻗어 있다. 물어뜯긴 코 부분이 붉게 얼룩져 있다. 나는 방문을 닫고 부엌으로 간다. 개가 따라와 곁에 엎드린다. 국자는 싱크대 안에서 길게 누워 있다. 물 묻은 국자 표면을 손가락으로 훑어 빨아 먹어본다. 아직 달다. 북두칠성은 국자 모양이라던데, 별들도 이렇게 단맛이 나나.

골목길에는 고장난 캐비닛 한 개가 놓여 있다. 온통 피부병이라도 걸린 듯 녹이 슬었고 문 아래쪽은 심하게 찌그러졌다. 병욱은 그 안에 책가방과 실내화가방을 밀어넣고, 병든 마녀처럼 고약한 신음소리를 내지르는 녹슨 캐비닛 문을 억지로 밀어 닫는다. 병욱과 나는 짐을 나누어 들고 버스정거장으로 향한다. 서울역까지는 한 시간 정도 걸릴 듯하다. 먼 데로 여행을 가는 거니까 분명 기차를 타고 갈 것이다. 버스 운전기사는 힘겹게 짐을 들고 올라서는 우리를 위아래로 훑는다. 나도 눈꼬리가 뻣뻣해질 만큼 흘겨준다. 얕보였다간 가출 청소년 취급을 당해 경찰서로 끌려가게 될지도 모르기 때문이다.

기차역은 부산하다. 병욱은 촌놈처럼 두리번거린다. 시계는 여덟시를 가리킨다. 내 생각에 엄마는 고래 사나이와 함께 아침식사를 하고 열시쯤 기차를 타러 올 것 같다. 하늘에는 우중충한 빛깔의 구름이 마치 뜨거운 뚝배기에 들러붙은 누룽지처럼 깔려 있다. 병욱과 나는 역 광장을 한눈에 살필 수 있는 시계탑 아래에 자리를 잡는다. 딱풀 한 통을 처바른 듯 떡이 진 머리칼의 사내가 긴 외투를 펄럭이며 역에서 나온다. 사내는 비실비실 웃으며 우리 쪽으로 다가온다. 병욱은 개 짖는 소리도 내지 못한 채 뒷걸음질친다. 사내의 걸음에는 하수구 냄새가 묻어난다. 성큼성큼 다가온 사내는 나를 향해 히죽 웃으며 곁을 스쳐 지나간다.

배가 고프다는 병욱에게 핫바를 한 개 사주고 나는 종이컵에 덜어온 오뎅 국물을 마신다. 열시 삼십분이다. 병욱은 짐가방 위에 걸터앉아 하얗게 튼 손등을 비빈다.

"비행기 타고 갔나봐."

병욱이 말한다. 못 들은 체한다.

"여행 안 가면 안 돼?"

나는 병욱의 머리통을 손바닥으로 내리친다. 퉁, 하고 울리는 소리가 마음에 들어 기분이 좋아진다.

정오가 지났다. 엄마는 보이지 않는다. 어쩌면 여행이 취소되어 집에 돌아가 있을지도 모른다. 그러나 나는 공중전화 부스로 달려가 집에 전화를 걸지 않는다. 희망사항과 현실과의 거리는 화장실 거울 속에 비친 나와 실제의 나 사이만큼이나 멀다는 걸 안다. 두 시간이 더 지났지만 엄마는 오지 않았다. 그 동안 역무원이 다가와 집이 어디냐고 묻고, 내 또래 거지아이가 주변을 어슬렁거리다가 돌아간 것을 제외하면 아무 일도 일어나지 않았다.

가방을 열어 엄마의 짐을 뒤진다. 옷더미 속에서 내가 선물한 까만 팬티를 찾아낸다. 시계탑 기둥에 기대어 졸고 있는 병욱의 머리에 팬티를 씌운다. 녀석은 부끄러워하며 팬티를 벗어버리려 했지만 나는 단호하게 말한다.

"집에 가고 싶으면 그거 쓰고 있어."

지나가는 사람들이 전부 우리를 쳐다본다. 야한 검은색 팬티는 병신 같은 표정의 병욱과 잘 어울린다. 아무리 침착한 엄마라 해도 이 사실을 알면 분명 얼굴을 붉히며 화를 낼 것이다. 카악, 침을 모아 발밑에 뱉는다. 시계탑은 높고 크다. 더러운 비둘기들이 주변을 배회한다. 시계의 냉정한 낯짝 위로 시간은 한 치의 망설임 없이 흘러내린다. 차가운 것이 귓불에 닿는다. 나는 어깨춤으로 귀를 닦으며 하늘을 올려다본다. 굵은 눈발이 날리기 시작한다. 엄마의 검은 팬티 위에도 눈이 떨어진다. 눈이 눈에 들어가니까 눈이 아프다…… 아, 썰렁하군. 관자놀이와 콧등, 목구멍이 동시에 뻐근해진다. 척척해지는 눈가를 병욱이 보지 못하도록,

팬티를 녀석의 콧구멍까지 잡아당겨 덮어버린다.

엎친 데 덮친 격이다. 아버지도 사라졌다. 자정이 가까워지는
데 들어오지 않는다. 나는 늦은 저녁으로 라면을 끓여 먹고 개를
방 안으로 들여온다. 냄새가 조금 나기는 하지만 혼자 자는 것보
다는 나을 것 같다. 털에 묻은 눈을 털어준다. 텔레비전을 크게
켜놓고 방문을 연다. 복사뼈가 잠길 만큼 눈이 쌓였다. 눈은 어둠
속에서 아득할 정도로 끝없이 내린다. 우주 구석에서 혼자 외롭
게 살던 별이 발가락 끝에서부터 하얗게 타들어가, 결국에는 차
가운 재가 되어 쏟아져내리는 모양이다. 텔레비전 속 사람들은
요란하게 웃고 떠들고 화낸다. 엄마는 인생을 사는 게 아니라 견
디고 있는 거라 말했다. 개가 방구석에서 몸을 둥글게 말고 엎드
려 잠을 청한다. 나는 어깨를 움츠린다. 차가운 바람이 껑둥한 바
지 아래로 드러난 복사뼈를 얼린다. 온몸이 하얗게 부서지지 않
도록 부지런히 뜨거운 침을 삼킨다.

엄마와 아버지가 없으니까 학교에 안 가도 된다. 서랍장 속의
돈으로 과자와 빵, 음료수를 잔뜩 사다두고 먹으며 온종일 텔레
비전을 보았다. 학교에서 돌아온 병욱도 곁에서 개를 베고 누워

뒹굴거린다. 이따금씩 오줌을 누러 화장실에 갔다가 세면대에 놓인 칫솔들을 보면 처량한 기분이 들긴 하지만 나중에 변기를 닦을 때 사용하기 위해 버리지 않고 그냥 둔다. 엄마와 아버지는 이제 내가 아무리 점프하고 손을 내뻗어도 딸 수 없는 신 포도가 된 것인가?

병욱이 콜라를 들이켜며 입을 연다.

"우리 가게에 맨날 와서 개고기 사가는 아줌마가 있어. 보신탕 가게 하는 것두 아닌데. 어제 엄마가 아줌마한테 만날 개고기를 해 먹느냐고 물어봤대. 그랬더니 뭐랜 줄 알아?"

나는 발가락을 꿈지럭거리며 고개를 젓는다.

"개가 불쌍해서 맨날 고기 사간 거 땅에 묻어준대. 알고 보니 또라이였던 거야."

병욱이 돌아가고 난 뒤 얼마 있지 않아, 배가 아파오기 시작한다. 처음엔 미미한 진동처럼 뱃속을 울리던 통증이 이내 내장을 젖은 걸레처럼 비틀어 짜는 듯 지독하게 심해진다. 헛구역질을 하며 방바닥을 뒹군다. 속이 날카롭게 쑤셔댄다. 무언가 뱃속을 쪼아대는 것 같다. 뱃속에서 까마귀가 자라고 있는 것이 분명하다. 네 발로 기듯이 화장실로 들어가 억지로 오줌을 짜낸다. 그러나 까마귀는 더욱 활개를 칠 뿐 좀처럼 밖으로 빠져나오지 않는다.

아버지는 그날 밤에 돌아왔다. 술냄새를 풍기지도 않았고 내 옆구리를 걷어차지도 않았다. 눈은 계속해서 내렸다. 이십 년 만 의 폭설이라 했다.

13세

이사를 했다.

전에 살던 집에서 오 분쯤 떨어진 거리에 있는 다세대주택의 옥탑방이다. 옥상에는 개와 나, 아버지가 살고 있는 사과상자 같은 옥탑방 외에도 많은 것들이 놓여 있다. 일층 아줌마가 스티로폼 박스를 줄줄이 늘어놓고 그 안에 키우는 고추와 상추 모종들, 이층 주인집 할머니가 세워놓은 빨래건조대, 삼층 아줌마가 갖다놓은 정체모를 상자 더미 등등. 그들이 옥상에 올라와서 보이는 반응들도 전부 제각각이다. 계단을 오를 때마다 몇 겹의 뱃살이 척척 접히는 일층 아줌마는 매일 아침 아버지가 속옷 차림으로 옥상에 나와 담배를 피우고 있을 때만 나타난다. 아줌마는 그 덩치에 고양이처럼 소리도 내지 않고 철제 계단을 올라온다. 불쑥 나타난 그 모습에 아버지가 지레 놀랄 때면, 걸음걸이를 늦추며 날씨가 좋다느니 고추와 상추가 잘 여물었겠느니, 혼잣말을 해댄다. 스티로폼 안에서 자라고 있는 모종들은 자꾸 만지작거리는 아줌마 때문에 푸른 물이 채 오르기도 전에 곯아버릴 것 같다.

주인집 할머니는 말이 많다. 앞이 막힌 보라색 슬리퍼를 직직 끌고 올라와서는 애꿎은 내 개를 향해 주먹을 휘두른다. 개가 나에게서 독립하여 할머니와 일대일로 붙으면 본인이 질 거라는 생각을 전혀 하지 못하는 모양이다. 시멘트바닥에 담배꽁초라도 한 개 떨어져 있는 날이면 요즘 들어 건물이 부쩍 낡아가는 것 같다며 생난리를 쳐댄다. 할머니가 늘 옆구리에 끼고 올라오는 빨랫바구니 덕분에 나는 직장인인 그 집 딸들이 어떤 색의 브래지어와 팬티를 입고 다니는지, 어떤 절묘한 위치에 구멍이 나 있는지까지도 모두 알고 있다.

옥상에 발길이 제일 뜸한 것은 삼층 아줌마다. 나는 그 아줌마가 올라올 때 가장 긴장한다. 아줌마가 상자를 내려가기 위해 옥상에 올라올 때면 항상 그 집 계집애가 따라 올라오기 때문이다. 동갑내기인 그 계집애는 나와 같은 학교에 다닌다. 항상 흰 가르마가 찢어질 정도로 바짝 머리카락을 잡아당겨 양갈래로 땋고,

어른들이나 읽을 법한 소설책을 옆구리에 끼고 다닌다. 말도 거의 없는 편이어서 학교에서는 얼음공주로 통한다. 따지고 보면 과묵하기로는 내가 더 우월한 편인데 나는 별명은커녕 이름을 불러주는 사람도 거의 없다.

"거기, 그것 좀 주워줄래?"

그러고 보니 주택에 사는 사람이 한 명 더 있다. 지하방에 사는 남자다. 마주칠 때마다 품에 낡은 책을 한 아름 안고 있다. 나는 대문을 열고 나가려다 말고 발치에 떨어진 책을 줍는다. 발돋움을 하고 책 무더기의 가장 꼭대기에 올려주자, 남자는 턱으로 간신히 그것을 지탱하고는 계단 아래로 내려간다. 골목으로 나왔을 때 등뒤에서 와르르 책 무더기 쏟아지는 소리가 들려온다.

교무실은 참 좋다. 창가에는 밝은 빛깔의 커튼(주기적으로 아이들이 깨끗이 빨아다줘야 하는)이 드리워져 있고, 한편에는 그윽한 향기를 풍기는 몇 개의 화분(매일같이 아이들이 물을 뿌리고 잎을 닦아줘야 하는)이 놓여져 있고, 언제든지 시원한 물을 떠마실 수 있는 정수기와 각종 차가 담긴 바구니도 있다. 선생님들이 각자 하나씩 차지하고 있는 자리 또한 그지없이 아늑하고 편

안해 보인다.

　나는 담임의 책상 옆에 붙어 서서, 앉아 있는 선생님의 번들거리는 대머리를 내려다본다. 담임의 별명은 타조다. 마르고 키가 큰 체구에 목이 유독 긴데, 그 목을 좌우로 흔들거리면서 걷는 모습이 멀리서 보면 영락없이 한 마리의 타조다. 담임은 뒤척이고 있던 파일에서 종이 한 장을 꺼내 건넨다. 강원도 사랑캠프에 관한 안내서다. 각 학교에서 착하고 성실한 학생들을 두 명씩 추천해 보내주는 캠프인데, 내가 뽑혔다고 한다. 귀찮지만 담임의 성의를 봐서 기뻐하는 척한다. 담임은 내가 감정표현에 너무 서투르다고 말한다. 웃는다고 웃었는데 눈가에는 미약한 경련이 일고 입꼬리는 한쪽만 비스듬하게 올라간 모양이다. 남의 마음에 들게 웃기는 너무 어렵다.

　병욱은 안내서를 만지작거리며 부러워한다. 나는 라면 봉지를 흔들며 녀석과 함께 집으로 향하는 계단을 오른다. 삼층까지 올랐을 때 그 집 현관문이 열리더니 계집애가 나온다. 병욱이 눈치 없이 '어어?' 하며 알은체를 한다. 계집애는 제 몸을 현관 쪽에 바짝 붙인 채 나와 병욱이 지나가길 기다린다. 내가 일부러 약간 어깨를 스치며 지나가자 재깍 미간을 찌푸리며 손끝으로 옷깃을 털어댄다. 밥맛없다. 계집애보다 더 밥맛없는 것은 이 푹푹 찌는 여름날 땀냄새 대신 은은한 꽃향기를 풍기는 계집애의 티셔츠다.

　내 손바닥보다 작은 깻잎을 두 장 딴다. 내일 아침이면 일층 아줌마는 단박에 알아채고 아버지에게 모종에 손을 댔느냐고 물어볼 것이다. 아버지는 때 낀 손톱으로 등을 벅벅 긁으며 모른다고 심드렁하게 대꾸하겠지. 아줌마는 아버지를 붙들고 자신이 깻잎을 얼마나 애지중지 키우는지 아느냐, 왜 깻잎을 애지중지 키울 수밖에 없느냐, 이때까지 자식새끼라고는 집 나간 아들 하나가 전부이고 남편이라는 작자는 시장 골목의 평화다방 마담에게 앞치마처럼 붙어서 집에 들어올 생각을 않는다, 며 궁금하지도 않은 사연을 장황하게 풀어놓을 것이다. 나는 가끔은 아버지에게도 대화상대가 있어야 한다고 생각한다. 그래서 별로 먹고 싶지도 않은 깻잎이나 고추를 일부러 몇 개씩 따곤 한다.
　"역시, 라면엔 깻잎을 넣어야 제 맛이야."
　병욱이 뜨거운 입 안을 손부채질하며 말한다.

　뒤쪽에서 발소리가 따라온다. 나는 늘어지게 하품을 하며 천천히 걷는다. 발소리가 점점 빨라지더니 누군가 툭 어깨를 치고 나를 앞서 걷는다. 영어학원 가방을 한쪽 어깨에 바짝 메고 있는 계집애다. 나는 걸음을 멈추고 자리에 선다. 한참을 걷던 계집애가 골목 모퉁이를 돌아가기 전에 흘끗 뒤쪽을 돌아다본다. 계집애의 모습이 사라진 것을 확인하고 다시 걸음을 뗀다. 이유 없이 시비를 걸어오는 상대에게는 침묵으로 일관하는 것이 상책이다.

슈퍼마켓 카운터에서는 주인집 며느리가 더덕을 까고 있다. 좁은 실내에 알싸한 더덕 냄새가 진하게 고여 있다. 가게의 시멘트 바닥에서는 세 살짜리 그 집 손자가 퍼질러앉아 입가와 손에 침을 잔뜩 묻힌 채로 막대사탕을 빨아 먹는다. 나는 한쪽 구석에 북어대가리처럼 꿰어져 있는 일회용 사진기를 찾는다. 노란색 일회용 사진기는 비닐 표면에 먼지가 묻어 있다.

비닐을 뜯자마자 시험 촬영으로 거울 속에 비친 나를 찍었다. 찍고 보니 플래시가 거울에 반사되어 인화해보면 얼굴이 거대한 빛덩어리처럼 나올 것 같다. 그래도 거울을 향해 지어 보였던 표정을 사진관 주인에게 들키지 않게 되어서 다행이다. 종이로 된 사각의 사진기가 찌그러지지 않게 수건으로 둘둘 말아서 가방 안에 챙겨넣는다.

아버지에게 캠프 안내서를 보여주자, 나 같은 애도 그런 곳에 보내주느냐고 비아냥거린다. 나는 잠자코 방구석에서 이불을 안고 나와 부엌 바닥에 깐다. 부엌은 내가 누우면 꽉 찬다. 싱크대 밑에서 뿜어져나오는 습한 공기 때문에 베개를 베는 대신 방패처럼 옆에 세우고 잔다. 방에서 흘러나오는 텔레비전 소리를 들으며 이불을 코밑까지 끌어당긴다.

　탈출하고 싶다!

　역시 타조의 말 따위는 믿는 것이 아니었다. 불을 끈 방 안에는 낯선 아이들의 코 고는 소리가 구석구석에서 굴러와 한데 엉킨다. 나와 함께 이불을 덮고 누운 여자애는 머리에서 옥수수 쉰내가 난다. 나는 슬그머니 이불자락을 끌어당겨 고치처럼 몸에 감는다. 유스호스텔의 베란다 너머로 비춰든 달빛이 이불 밖에 비죽 튀어나온 내 발등을 훤히 드러낸다. 달빛 속에 담긴 발이 비석처럼 창백하다.

　오늘 아침, 교육청 앞에 모인 아이들을 본 순간 불길한 예감이 들었다. 성실하고 착한 학생이라는 조건이 미심쩍긴 했으나 설마 각 학교의 불우아동들을 후원하는 캠프이리라고는 생각지 못했다. 머리를 노랗게 염색하고 복싱선수처럼 눈썹 끄트머리를 밀어낸 아이, 반바지 밑으로 어른 양말을 종아리까지 끌어올려 신고 그 밑에 슬리퍼를 신고 온 아이, 때가 서리처럼 허옇게 낀 팔꿈치를 허공에 쳐든 채로 역시나 때가 낀 뒷목과 겨드랑이를 부지런히 긁어대는 아이, 사람을 한 명 더 싣고 오기라도 했는지 제 몸집의 두 배는 되는 가방을 등에 짊어진 채로 한쪽 구석에 숨어서 연신 주변 눈치를 보는 아이. 인솔교사들은 출발하기 전에 교육청 앞 잔디밭에서 아이들에게 김밥을 먹였다. 나는 우엉이 들어간 김밥을 씹으며 아이들과 눈이 마주치지 않도록 운동화 코를 바라보고 있었다.

버스 옆자리에 앉은 것은 머리를 염색하고 눈썹을 밀어낸 사내 애였다. 그애 이름은 현두라고 했다. 나는 차창에 머리를 기댄 채 자는 척을 했다. 그애가 몸을 들썩일 때마다 오래 묵은 젓갈 냄새가 났다. 그애는 욕으로 만들어진 이상한 노래를 불러댔다. 서울을 빠져나갈 때쯤 그애는 차 바닥에 먹은 것을 전부 게워냈다. 나는 아예 죽은 척을 했다.

토사물을 본 앞자리 아이가 울기 시작하더니 덩달아 멀미를 했다. 현두라는 아이는 충혈된 눈에 눈물이 그렁그렁 맺힌 채로 콧물을 훌쩍였다. 버스 안은 에어컨이 너무 셌다.

아침식사를 하라는 방송에 눈을 뜬다. 반찬으로 미역국과 콩나물무침, 닭강정이 나왔다. 잠에서 덜 깬 아이들은 아무 말도 없이 밥을 먹는다. 나는 주머니 속에 불룩 불거져 있는 일회용 사진기를 만지작거리며 미역국을 떠먹는다.

점심에는 다 같이 인솔교사가 나누어준 우스꽝스러운 모자를 쓰고 체육대회를 했다. 백 미터 달리기에서 본의 아니게 일등을 한 나는 손목에 '1'이라고 새겨진 보라색 도장을 받았다. 상품은 문화상품권 두 장이었다.

프로그램 내내 병든 메추리처럼 교사들 뒤를 쫓아다니던 아이들이 가장 열광한 것은 캠프파이어였다. 아이들이 써서 제출한 청승맞은 사랑의 편지 낭독을 듣는다든가, 재미없는 현실 속에 헬륨가스를 불어넣듯 과도한 희망을 꿈꾸게 하는 연설을 듣는 것은 지루했지만, 운동장 중앙에서 거대하게 치솟아 활활 타오르는 불꽃은 마음에 들었다. 곧 음악소리가 울려퍼졌다. 아이들은 신이 나서 펄쩍펄쩍 뛰었다. 제 흥을 가누지 못하고 대열에서 벗어나 이상한 발작 같은 춤을 추는 아이들도 몇 있었다. 나는 민망해서 주변을 맴돌며 서 있었다. 그러나 이내 아무도 서로를 신경쓰지 않는다는 것을 깨닫고는, 불 그림자에 벌겋게 달아오른 얼굴을 쳐들고 춤판으로 뛰어들었다. 그러고는 불이 꺼질 때까지 팝콘처럼 이리저리 팡팡 튀었다.

같은 방을 쓰는 아이가 부어오른 볼을 부여잡고 운다. 충치로 인한 치통 때문이다. 여자 인솔교사가 진통제를 가져와 아이에게

먹인다. 그애의 어금니는 부서지지 않은 것이 신기할 정도로 썩어 있다고 한다. 인솔교사는 땀투성이의 아이들을 천천히 둘러본다.

"다들 칫솔을 꺼내십쇼."

인솔교사의 단호한 말투에 아이들은 서로 눈치를 보며 칫솔을 꺼낸다. 그녀는 칫솔 위에 치약을 묻히라고 지시한다. 모두들 길쭉한 치약을 빙 돌려가며 칫솔 위에 짠다.

"물을 묻히지 않은 채로 문질러야 잘 닦입니다."

인솔교사는 검지를 들어 양치질을 하듯 제 앞니에 가져다댄다. 그러고는 달리기 구령을 붙일 때처럼 커다란 목소리로 소리친다.

"위, 아래. 위, 아래. 오른쪽, 왼쪽."

아이들은 파란 치약이 묻은 잇몸을 드러낸 채 킥킥거린다. 인솔교사는 아이들을 하나하나 훑어본다.

"깨끗이 하십쇼!"

입 안에서 부풀기 시작한 거품 때문일까. 혀가 저려온다.

버스의 차창 밖 풍경을 찍는다. 짙푸른 산들과 으리으리하게 세워진 영양 음식점 간판들이 물처럼 흘러간다. 먹다 만 음료수와 빵 부스러기도 찍는다. 내친김에 옆자리에 잠들어 있는 키가 작은 여자애도 찍어준다. 교육청도 찍고, 반듯하게 박혀 있는 길가 보도블록도 찍는다. 가로수와 지하철역 출구, 동네 어귀의 전신주도 찍는다.

나는 빈 화분 밑으로 손을 집어넣어 집 열쇠를 꺼낸다. 집 안에 들어오자마자 가방을 내팽개치고 땀에 젖은 윗옷을 벗어던진다. 냉수를 들이켜려는데 문 밖에서 인기척이 들려온다. 나는 알몸인 채 약간 열린 문틈으로 밖을 내다본다.

"예쁘지, 월리. 그래, 월리, 착하다."

삼층 계집애가 개를 쓰다듬고 있다. 멍청한 개는 계집애가 내민 소시지를 넙죽 잘도 받아먹는다. 나는 눈을 가늘게 뜨고 계집애가 하는 꼴을 더 지켜본다. 계집애는 개 옆에 오도카니 앉아 고개를 약간 기울인 채 우수에 젖은 표정을 연출한다.

"난 너무 우울해, 월리. 이 세상 아무도 날 이해하지 못해."

못해, 라는 말을 할 때는 좌우로 고개를 젓기까지 한다. 가관이다. 월리라는 이름은 또 뭔가. 나는 나의 개에게 이름이 없다는 사실을 매우 자랑스럽게 여기며 지내왔다. 우리는 주인님과 해피, 아롱이의 강아지 동생 다롱이 따위의 느끼한 관계가 아니라 아주 순수한 유대감만으로 인간과 개의 관계를 유지하고 있다.

나는 문 밖으로 고개만 불쑥 내밀고 계집애를 빤히 쳐다본다. 나를 발견한 계집애가 소스라치게 놀라며 뒤로 엉덩방아를 찧는다. 계집애는 눈초리의 살이 툭 터질 듯 사납게 나를 흘겨보다가 얼굴을 붉히며 옥상을 내려간다. 나는 그 뒷모습에 대고 휘익, 휘파람을 분다.

타조는 캠프에 대한 감상문을 제출하라고 했다. 나는 연필 끝을 질겅거리며 이마를 긁적인다. 밥상에 말라붙은 밥풀떼기 두 개를 손끝으로 툭 튕겨 날려보낸다. 종이는 아직 백지다. 저학년 때 학교에서 억지로 걷어가곤 했던 일기장에 아침 몇시에 일어났는지 밥은 뭘 먹고 몇시에 잠들었는지 기록했던 것을 제외하고는 제대로 된 일기조차 써본 적이 없었다. 나는 글자만 보면 그것들이 철사뭉치마냥 뭉쳐져서 내 정수리를 향해 돌격하는 듯한 느낌이 든다. 6학년 3반 23번 최연, 까지 쓰인 종이를 밀어놓는다. 열어놓은 창문 밖으로 한떼의 구름들이 떠간다.

"병욱이 봉투 사러 갔어."

시장 바닥에 플라스틱 박스를 깔고 앉아 있던 병주 오빠가 말한다. 군데군데 물이 고인 시장 바닥 위로 파리떼가 날아다닌다. 병욱이네 개고기 좌판 옆으로는 생닭을 파는 가게와 정육점이 늘어서 있다. 넓적한 칼을 들고 나무도마 위 생닭의 몸뚱이를 쩍쩍

내리찍던 젊은 여자가 나를 흘끗 쳐다본다.

병욱이네 형 병주 오빠는 병욱과 달리 키가 크고 어깨가 넓다. 둘 다 안경을 썼는데도 안경알 너머 눈이 부엉이처럼 확대되어 보이는 머저리 같은 병욱에 비해 병주 오빠의 무테안경은 고상하다. 나는 모기 물린 팔뚝을 긁으며 병욱이네 좌판 근처를 어슬렁거린다.

"앉아서 기다릴래?"

병주 오빠가 노란색 플라스틱 박스를 밀어준다. 그러고는 읽고 있던 두꺼운 커버의 책 속으로 다시 시선을 떨어뜨린다. 나는 책 커버를 잡고 있는 병주 오빠의 손등을 훔쳐본다. 흰 살갗 아래로 풀포기의 뿌리 같은 핏줄이 푸르게 도드라져 있다. 병욱 말에 의하면 병주 오빠는 채식주의자라고 한다. 계란프라이조차도 안 먹는다는 거다. 그 얘기를 들었을 때 나는 사람이 어떻게 야채만 먹고 살 수 있느냐며 병욱을 쥐어박았지만, 가까이서 병주 오빠를 보니까 그럴 수도 있을 것 같다. 병주 오빠에게서는 바람에 흔들리는 버드나무 냄새가 난다.

병욱이 검은 비닐봉지 뭉치를 안고 다가온다. 녀석은 나를 발견하더니 헤벌쭉 웃는다. 나는 병욱을 놔둔 채 시장을 빠져나온다.

예상치 못한 수확이었다. 저녁 무렵 나는 필름이 두어 장 남은 일회용 사진기를 들고 대문 밖에 나와 있었다. 마지막 필름이라고 생각하니 어떤 것을 앵글에 담아도 썩 시원찮아 보였다. 태엽을 감아놓은 사진기를 만지작거리고 있는데, 지하방 쪽에서 현관문 열리는 소리가 들렸다. 나는 대문의 두꺼운 창살 너머로 안을 들여다봤다. 조심스럽게 그 집 문을 열고 나오는 것은 놀랍게도 삼층 계집애였다. 계집애는 가슴팍에 책 몇 권을 안고 있었다. 문을 잠그러 뒤따라 나온 그 집 젊은 남자는 웃통을 벗은 추리닝 바지 차림이었다. 계집애가 웃으며 뭐라고 재잘거리자 남자가 계집애의 머리를 쓰다듬었다. 나는 놓칠세라 앵글을 맞추고 셔터를 눌렀다. 그러고는 계집애의 눈에 띄지 않게 재빨리 골목 안쪽으로 몸을 숨겼다.

"맛이 없냐?"

아버지가 못마땅한 듯 묻는다. 나는 동태 덩어리가 양말뭉치처럼 둥둥 떠다니는 동태찌개를 마지못해 한 수저 떠먹는다. 아버지가 끓인 동태찌개는 끔찍하다. 국물을 삼키자 텁텁한 고춧가루 한 스푼이 목구멍에 달라붙은 느낌이다. 썰지 않고 통째로 넣은 청양고추가 국물 밖으로 꼭지를 내민 채 폐선처럼 가라앉아 있다. 내 표정을 확인한 아버지는 탕 소리 나게 냄비 뚜껑을 닫는다. 그러고는 동태찌개 냄비와 함께 냉장고에서 꺼낸 소주 한 병을 들고 방으로 들어가버린다.

아버지가 요리를 한 것은 기념할 만한 일이다. 트럭을 운전하기 시작하면서부터 아버지는 저녁때 미지근한 봉지를 들고 오는 날이 잦다. 봉지에는 비닐팩에 옮겨담은 공깃밥과 오뎅볶음이나 콩자반 같은 반찬들이 담겨 있다. 나는 비닐팩을 통째로 펼쳐두고 밥을 먹으며, 아버지는 식당에서 어떤 음식을 먹고 왔을까 상상을 하곤 한다. 아버지가 먹고 온 것은 비곗살이 잔뜩 붙은 제육볶음이나 토실토실하게 살이 오른 낙지전골 같은 게 아닐까.

학교에서 급식을 시작한 이후로는 배식하고 남은 잔반들을 얻어오고 있다. 급식실의 주방 아줌마는 나더러 야무지다고 칭찬한다. 그러나 내가 정말 야무진 아이였다면 직접 장을 봐서 음식을 볶고 지지고 하며 우리집 부엌을 그야말로 야무지게 활용할 줄 알아야 했다. 뜨거운 김이 자욱한 주방 안에 쭈뼛거리며 서 있다가 아줌마가 음식통을 박박 긁어서 담아주는 반찬 봉지를 받아들고 인사도 하는 둥 마는 둥 도망치듯 빠져나오는 것이 썩 자랑스러운 행동은 못 되니까. 예전에 딱 한 번 된장찌개를 만들어 먹어본 적이 있었는데, 십 년쯤 묵은 된장독에 혀를 담근 기분이었다.

나는 화장실 변기의 뚜껑을 닫고 그 위에 앉아 있다. 3교시 중
간에 양호실에 다녀오겠다며 교실을 빠져나왔다. 머리카락이 잔
뜩 떨어져 있는 화장실에서는 지린내가 진동한다. 오늘 아침 조회
시간에 나눠준 학교통신에 나의 캠프 감상문이 실려 있었다. 아이
들은 누런 갱지에 박힌 내 이름을 보고 칭찬인지 야유인지 모를
오우우, 소리를 쏟아냈다. 캠프에 참가한 두 명 중 왜 하필 내 것
이 뽑혔는지 의아하다면, 대답은 간단하다. 나 말고 캠프에 참가
했던 다른 한 명은 연필을 쥐는 데 오 분이 걸리고 자기 이름 석
자를 쓰는 데 삼십 분이 걸리는 두 살 위의 남자애였기 때문이다.
　감상문을 읽은 여자아이들은 연민의 눈빛으로 나를 돌아보았
다. 더러는 새삼스럽게 내가 입고 있는 반팔 셔츠라든가 싸구려
운동화를 흘끔거리기도 했다. 나는 글을 너무 솔직하게 쓴 것에
대해 후회했다. 내 글을 읽고 있는 옆자리 짝을 보았을 때는, 꼭
내 살갗이 전부 투명해져서 몸속의 내장을 다 드러낸 채로 대낮
의 거리를 활보하고 있는 듯한 기분이 들었다.
　용변도 보지 않은 변기의 물을 내린다. 휴지를 뜯어 운동화 앞
코에 묻은 구정물을 문질러 닦아내고 거울 앞에 선다. 잔머리가
흘러내리고 입술이 멍청하게 튀어나와서 내가 봐도 궁상맞은 꼴

이다. 나는 눈에 힘을 풀고 입을 벌려 더 찌질이 같은 표정을 지어 보인다. 웃음이 난다. 머리카락을 힘주어 당긴 뒤 다시 묶고 화장실을 나선다.

사거리를 지나는데 건너편 시장 어귀에 일층 아줌마가 보인다. 벽돌을 서너 장 쌓아올린 듯한 어깨가 심하게 오르락내리락하는 것이 여기까지 보인다. 아줌마는 팅팅 불은 라면 덩어리 같은 파마머리를 연거푸 쓸어올린다. 달아오른 얼굴로 주위를 두리번거리며 무슨 말인가 혼자 씹어뱉기도 한다. 신호등 불빛이 바뀌기 무섭게 한달음에 길을 건너던 아줌마가 다리를 휘청거리며 바닥에 나자빠진다. 뒤축이 잔뜩 접혀 있는 솔기 터진 효도신발이 도로 한가운데로 날아간다. 신호등 불빛이 깜박거리자 아줌마는 신발을 손에 집어든 채 맨발로 남은 횡단보도를 뛰어 건넌다.

"아줌마, 아들 돌아왔담스?"

일층 아줌마랑 친한 전파사 아줌마가 가게 밖에 서서 그 모습을 보고 혼자 배를 쥐고 웃다가는, 일층 아줌마가 다가오자 급히 말을 돌린다. 일층 아줌마는 울상을 짓는 듯하더니 얼굴이 일그러진다.

"이 망할 놈이 또 곗돈을 들고 튀었네. 개돼지 가랑이에 메다 꽂아도 시원찮을 놈."

56

여기서 망할 놈이란 아줌마의 남편을 뜻하는 것이었다. 얼굴이 세모나고 입이 뾰족해서 장어를 연상시키는 전파사 아줌마는 기다렸다는 듯이 시장 어귀 쪽을 손가락질한다. 아까 정오쯤 아줌마 남편이 평화다방에 새로 들어온 레지와 나가는 것을 봤다는 것이다. 레지는 긴 갈색 머리칼을 깃발처럼 휘날리며 하늘색 스쿠터를 몰고, 아저씨는 그 뒤에서 레지 허리를 마치 길 잃은 어린애가 전봇대 끌어안고 있듯 타서는 낄낄거리며 달려가더라고 했다.

나는 전파사를 지나 문구점으로 들어간다. 접힘선이 나타나지 않게 곧게 펴온 학교통신을 코팅한다. 내친김에 근처 사진관에 들러 일회용 사진기 인화도 맡긴다.

옥상으로 올라온 나는 잠시 움찔하며 물러선다. 옥상에 낯선 뒷모습이 보인다. 러닝셔츠 차림으로 아령을 들었다 놨다 하던 남자와 그 발치에 깔아놓은 신문 위에서 제 발가락을 빨며 앉아 있던 아기가 나를 쳐다본다. 그리고 그들은 다시 자기 하던 일에 열중한다.

"달구야아, 달구야아."
집 아래쪽에서 일층 아줌마의 애타는 목소리가 들려온다. 기껏해야 병주 오빠 또래로 보이는 남자는 아령을 내려놓고 아기를 들쳐안는다. 짐짝처럼 남자의 옆구리에 낀 아기가 버둥거리며 옥상 아래쪽으로 사라진다. 일층 아줌마 아들의 이름은 재경이라고 했다. 달구라는 이름은 분명 저 아기의 것이리라. 나는 제 아버지보다 촌스러운 이름을 가진 아기에게 연민을 느끼며 주머니에서 열쇠를 꺼낸다.

사실 어제의 일만 없었더라면 나는 굳이 삼층 계집애를 물먹일 생각까지는 하지 않았을 거다. 어제 일을 생각하면 공사판에 떨어진 못이라도 한 움큼 집어 씹어 먹을 수 있을 만큼 이가 부득부득 갈린다. 뿐 아니라 밤중에 삼층 현관문을 몰래 따고 들어가 잠든 계집애를 끌어내다가 옷을 홀딱 벗겨 학교 앞에 거꾸로 매달아두고 싶은 충동이 발가락을 저릿저릿하게 한다. 희정 언니의 미용실에서 미용기계를 훔쳐다가 계집애의 머리카락을 모조리 밀어버리는 것은 어떨까.

어제 5교시에는 세 개 반 아이들이 시청각실에 모여 성교육을 받았다. 아이들은 반찬 냄새가 가시지 않은 입으로 저희들끼리 재잘거리다가, 양호선생님이 교탁 위에 인체 모형을 올려놓자 그제야 입을 다물었다. 우리는 성교육이라기보다는 생물수업에 가까운 설명을 들으며 대부분 졸았다. 양호선생님은 형식적인 설명을 마치고 비디오를 틀었다. 비디오는 드라마처럼 구성되어 있었는데, 동네 오빠와 불건전한 교제를 하던 영희가 임신을 하여 절망에 빠지는 내용이었다. 영희가 아기를 어쨌는지 결말은 나오지 않았다. 그러다 갑자기 화면이 애니메이션으로 바뀌더니 그러한 불경스러운 일이 일어나지 않도록 대비하기 위한 평소 생활습관과 바람직한 성 인식에 대한 설명이 이어졌다. 밀폐된 방 안에 남녀가 함께 있지 않는다, 늦은 밤 어두운 밤길이나 유흥가를 혼자 돌아다니지 않는다, 흐트러진 모습으로 이성을 대하는 것은 좋지 않다는 등의 내용이었다. 뻔한 잔소리를 늘어놓는 걸 보니 80년대에 제작된 필름이 분명했다.

질문시간이 이어졌다. 누런 이를 드러내고 시시덕거리며 자기 옆집 누나가 같이 이상한 비디오를 보자고 꼬드기는데 어떻게 반응해야 하느냐는 남자애가 있었고, 진지한 얼굴로 안경을 올려쓰며 남자의 가슴 속에는 유선이 전혀 분포되어 있지 않은가에 대해서 질문을 하고는 수첩에 필기까지 하는 여자애도 있었다. 정작 궁금한 건 물어보지 못하고 다들 서로 눈치만 보고 있을 무렵, 누군가 손을 들었다.

"같은 주택에 사는 애가 맨날 빈집에 남자애를 들여서 놀아요. 단둘이 밀실에 있는 행위는 분명 위험한 거라고 하셨잖아요. 보기에 안 좋기도 하고 그애가 걱정되기도 하지만, 제가 충고한다고 귀기울여 들을 애가 아니거든요. 그애 부모님께 말씀드리는 게 옳을까요?"

자리에서 일어나 카랑카랑한 목소리로 질문을 던진 것은 삼층 계집애였다. 그애는 얘기 도중 아이들을 훑어보며 암묵적인 동조를 바라는 눈빛까지 던져 보였다. 계집애와 내가 같은 집에 살고 있다는 것을 아는 몇 아이들이 나를 찾아 두리번거렸다. 병욱은 자신이 언급되고 있다는 사실도 알아채지 못한 채 멍청하게 양호선생님을 바라보고 있었다.

"오지랖 넓게 굴지 말고, 집 안에 큼직한 바늘이 있다면 학생 입부터 꿰매고 오세요."

양호선생님이 그렇게 이야기해주길 바랐지만 그런 일은 일어나지 않았다. 세상은 간절히 바라는 일을 절대 이루어주지 않음으로써 자신이 학교 운동장이나 동네 주차장처럼 만만한 존재가 아니라는 것을 일깨워주곤 하니까.

"그 학생이 누군지는 모르겠지만, 상담을 권해보는 것도 좋은 방법일 것 같네요."

양호선생님은 수술을 하는 것도 아닌데 어째서 도도한 여의사인 척 하얀 가운을 입고 다니는 것일까. 나는 계집애의 뒤통수를 쏘아보았다. 아이들은 대체 누구 이야기냐며 수군거리다가, 그 정체 모를 두 아이들이 밀실 안에서 무엇을 하고 놀았을지에 대해 저희들 멋대로 상상을 펼쳐나가기 시작했다.

시청각실을 빠져나오다가 마주친 계집애는 입술을 꼭 닫고 나를 흘끗 쳐다보았다.

사진의 표면에는 윤기가 흐른다. 사진 속에서 부끄러운 듯 웃고 있는 계집애의 가증스러운 미소와, 현관 밖으로 알몸의 상체를 비죽이 내밀고 선 지하방 남자의 젖꼭지 모양이 아주 선명하게 인화되었다.

계집애가 먼저 등교하는 기척을 확인한 뒤, 나는 옥상에서 내려온다. 삼층 현관 문틈에 사진이 담긴 흰 봉투를 조심스럽게 꽂아두고는 발소리를 죽여 계단을 마저 밟아 내려온다. 대문을 열고 나가려던 차에 현관문 열리는 소리가 들린다. 나도 모르게 어깨가 움칠거린다. 문소리가 들린 것은 일층이었다. 나는 안도의 한숨을 내쉬며 대문 밖으로 나간다. 열린 대문 사이로 일층 아줌마의 아들도 뒤따라 나온다. 그는 목 부분이 늘어난 푸른 셔츠를 입고, 볼살이 순두부처럼 포동포동한 아기 대신 큼직한 짐가방을 옆구리에 끼고 있다. 그는 나를 앞질러 팔자걸음으로 골목을 빠져나간다. 그가 옆을 스치며 남기고 간 바람이 어쩐지 낯익다.

방과 후 나는 보란 듯이 병욱을 다시 집에 불러들인다. 병욱에게 내 한자 숙제를 시켜야 하기 때문이다. 수학이나 사회 같은 경우엔 병욱이 머리를 믿을 바에야 숙제를 안 해가고 말겠지만, 한자란 자고로 두뇌회전보다는 단순 그리기 실력과 더 밀접한 과목이다. 병욱이 눈을 부릅뜨고 내 숙제를 하는 동안 나는 서랍장 밑에 숨겨두었던 책을 꺼내 펼친다. 계집애의 학교 책상 서랍에서 몰래 훔친 책이다. 낡아빠진 누런 종이를 보아하니 지하방 남자에게 빌린 책 같다.

책장을 서너 페이지 넘기던 나는 비스듬히 누워 있던 자세를 바로 고쳐앉는다. 이 책의 값어치가 금세 파악된다. 이것은 양호선생님이 끌어안고 다니는 촌스러운 색상의 남녀 생식기 모형 따위와는 비교도 되지 않을 성교육 교재다. 삼층 계집애가 이런 책을 읽고 있었다니 보통이 아니다. 뜨거운 숨결, 이라는 대목에서는 나도 모르게 목구멍에서 뜨거운 숨결을 덩달아 뱉어본다.

"뭐 해?"

병욱이 고개를 들고 묻는다. 나는 녀석을 무시하고는 빠른 속도로 계속 책을 읽어내려가기 시작한다.

"아이고오오, 이 잡것들아."

밖에서 일층 아줌마의 통곡소리가 들려온다. 구경거리를 놓칠세라 잽싸게 나가 옥상 난간 밑을 내려다보니 아줌마는 아기를 등에 업은 채 대문 밖 골목 한가운데에 서 있다.

"이런 핏덩이를 남겨놓고 어디로 튀었어, 이 망할 자식아. 나란 년은 남편이고 새끼고 사내놈 복이라고는 개미 염통만큼도 없는 년이여."

아줌마의 팔자타령은 그다지 낯선 것이 아니다. 아줌마는 신세한탄을 마치 판소리처럼 가락까지 살려 구사할 줄 아는 경지에 다다른 사람이다. 이층 계단 난간에 몸을 반쯤 걸치고 아줌마를 빤히 내려다보던 주인집 할머니가 골목 밖으로 나간다. 할머니는 아기를 받아안으며 아줌마 아들을 욕하는 데에 합세한다.

"지 새끼 아낄 줄 모르는 후릴 놈은 어딜 가도 망하게 돼 있어."

"아니, 할머니는 왜 남의 새끼보고 망할 놈 후릴 놈 하는 거요?"

아줌마가 아기 내문에 주름 잡힌 옷자락을 당겨올리며 따진다. 할머니는 할머니대로 혀를 찬다. 나는 손가락을 빨고 있는 아기를 내려다보다가 조용히 집 안으로 들어온다.

텔레비전을 틀어놓은 채 졸고 있을 때처럼 기분 좋은 시간이 없다. 미지근한 저녁 바람이 도둑처럼 넘어들어와 방 안에 머문다. 졸음에 잠긴 의식이 수초처럼 일렁인다. 간신히 왼쪽 발가락을 뻗어 선풍기 스위치를 켜려던 차에 현관문이 요란하게 열린다. 컹컹, 개가 짖는다. 다시 들어보니 개가 아니라 병욱이다. 좀 전에 집에 간다고 나간 병욱은 비명을 지르며 집 안으로 뛰어들어왔다. 잠이 달아난 나는 병욱을 향해 베개를 집어던진다.

녀석이 조심조심 이끄는 대로 계단을 내려간다. 골목을 비롯한 주택가는 조용하다. 삼층에 다다른 병욱이 나를 돌아본다. 어스름 속에서 삼층 현관문 앞에 소금을 담은 포댓자루처럼 쭈그리고 앉아 있는 생물체가 보인다. 머리가 헝클어져서 바로 알아보지 못했지만, 팔뚝에 얼굴을 묻고 있는 것은 분명 삼층 계집애다. 계집애는 오리가 그려진 러닝 차림이다.

"니 옷 좀 줘봐."

집에서 쫓겨난 게 불쌍해서 옥탑방에 데리고 와줬더니, 샐쭉한 표정으로 명령까지 한다. 나는 계집애 뺨 언저리에 푸르게 고인 멍을 노려보다가, 옷상자를 연다. 목이 늘어난 티셔츠에서는 하나같이 나프탈렌 냄새가 난다. 빨기 번거로운 바지는 놓아두고, 집 안에 굴러다니던 월남치마를 꺼낸다. 내가 옷을 던져주자 계집애는 병욱을 흘끗 쳐다보더니 화장실로 들어간다. 계집애는 이내 고무줄이 흘러내리는 월남치마의 허리춤을 쥐고 나온다.

"나 배고파."

계집애가 치맛자락을 접어 다리를 모으고 앉으며 말한다. 내가 턱짓을 하자 병욱은 잽싸게 가스레인지 위에 라면 물을 안친다. 냄비 속의 물이 끓고 라면이 익는 동안 우리 셋은 아무 말도 하지 않았다. 나는 계집애를 뚫어져라 쳐다보았고, 계집애는 난쟁이 집을 방문한 공주에게나 어울릴 법한 얼굴로 집 안을 두리번거리는 척했다.

나와 병욱은 계집애가 라면 먹는 모습을 지켜본다. 계집애는 김치에는 손도 대지 않고 라면 면발만 호호 불어가며 먹는다.

"왜 쫓겨났어?"

병욱이 묻는다. 계집애는 보일 듯 말 듯 고개를 저으며, 약간 우수에 젖은 눈빛을 지어 보인다.

"엄마가 쓰고 있는 색안경이 너무 짙어서 빛과 어둠을 구별하지 못해서. 순수하고 플라토닉한 사랑을 몰라주시는 거지. 하긴, 이런 말 해봤자 니들이 알아들을 리 없겠지만."

나와 병욱을 얕보는 계집애 표정 위로 사진 속, 커피 얼룩처럼 번져 있던 남자의 젖꼭지가 떠오른다. 웃통을 벗어젖힌 성인 남자의 집구석에 이제 막 얇은 티셔츠 너머로 브래지어 끈이 비치기 시작한 여자애가 드나들며 서로 미심쩍은 미소까지 주고받는다는 사실을 알게 된, 그리고 어쩐 까닭인지 벌겋게 상기된 얼굴로 남자 앞에 서 있는 그 어린 여자애가 자신이 매일 아침 꼬리빗으로 가르마를 타서 머리를 땋아주는 딸내미라는 것까지 확인하게 된 삼층 아줌마도 기분 참 그랬겠다.

좁은 실내에는 창밖에서 들려오는 매미 울음소리와, 계집애가 라면 먹는 소리만이 울린다. 라면을 집어올리던 계집애의 젓가락이 미끄러진다. 라면가락이 다시 국물 속으로 텀벙 떨어지며 국물 몇 방울이 계집애의 얼굴에 튄다. 악, 계집애는 한쪽 눈을 가리고 어깨를 움츠린다. 나와 병욱은 약속이라도 한 듯 숨을 죽인 채 계집애를 지켜본다.

"에이 씨."

계집애가 젓가락을 집어던지고는 입을 일그러뜨린다. 콧구멍이 넓어지는 듯싶더니 어깨가 크게 한번 들썩인다. 그리고 계집애는 마치 길바닥에 퍼질러앉아 발버둥을 치는 다섯 살배기 어린

애처럼 소리내어 울기 시작한다. 일층 아줌마의 말투를 빌리자면, 까마귀 가랑이 찢어놓는 듯한 울음소리다. 장난감을 사주지 않는다고, 오백원짜리 불량식품이 먹고 싶다고 엄마를 조르다가 지레 약이 올라 악에 받쳐 우는 꼴과 꼭 닮았다. 계집애의 입가로 씹다 만 면발이 침과 함께 흘러내린다. 나는 터져나오려는 웃음을 삼키기 위해 계집애의 월남치마에 새겨진 팽이꽃을 세어본다. 십 분쯤 지났을까, 더이상 눈물이 나오지 않는지 계집애는 코를 훌쩍이며 척척해진 눈가를 세게 문지른다. 그러고는 다시 젓가락을 쥐고 라면을 마저 먹는다.

계집애 라면에 계란이라도 좀 풀어줄걸 그랬나.

계집애 이름은 강소영. 부모님이 이혼하신 뒤 엄마와 둘이 산다. 두 살 아래 남동생을 맡아 데리고 간 걔네 아버지는 지방에서 여관을 운영한단다.

소영의 장래희망은 독재자 혹은 간호사가 되는 것이다. 간호사가 되고 싶은 이유는 순전히 사람들의 엉덩이를 많이 볼 수 있기 때문이란다. 그애는 엉덩이에 광적인 집착을 보인다. 남녀노소 가리지 않고 사람들을 마주치면 얼굴 대신 엉덩이 쪽을 흘끔거리고, 둥근 곡선이 살아 있는 표주박이나 그 촉감과 탄력의 정도에서 엉덩이와 유사한 순두부, 도토리묵 등을 보면 반드시 손가락으로 한번 찔러보고 지나가야만 직성이 풀린다. 소영은 어렸을 적에 동생의 맨엉덩이가 부드럽고 따뜻해서 그 사이에 얼굴을 묻고 있다가 엄마한테 실컷 얻어터진 적이 있다고 한다. 그 이후로 그애의 엉덩이에 대한 집착은 거의 본능이 되었다고 한다.

화요일 저녁의 목욕탕에는 사람이 거의 없다. 온탕 속에 들어앉은 나는 코밑까지 물에 잠기도록 몸을 낮춘다. 땀이 관자놀이를 타고 비질비질 흘러내린다. 맞은편에 앉은 소영도 얼굴이 벌겋게 익었건만 좀처럼 일어설 생각을 않는다. 소영은 우리가 친구나 뭐 그 비슷한 거라도 되기 위해서는 한 번쯤은 목욕탕에 함께 가봐야 한다고 했다. 그애는 절차나 의식 같은 것을 매우 중요시한다.

목욕탕에서 나온 우리는 붉어진 몸에서 물을 뚝뚝 흘리며 보관함을 찾는다. 친구가 되기 위해서는 우리 둘의 몸무게를 함께 재볼 필요가 있다는 소영의 말에 체중계에 같이 올라갔다가 때밀이 아줌마에게 등짝을 얻어맞았다.

보관함을 연 소영이 내게 자신의 팬티를 내민다. 분홍색 팬티의 앞쪽에는 앙증맞은 흰 리본이 달려 있다. 나는 행주로 삼 년쯤 쓰다가 바늘로 기워 만들어낸 듯 후줄근한 내 팬티를 떠올리고는 팬티와 바지를 겹쳐서 동시에 재빨리 입어버려야겠다고 생각한다. 그러나 소영은 내 팬티를 낚아채듯 가져가고, 우리는 결국 서로 팬티를 바꿔 입는다.

"이제 우린 진짜 친구야."

내 팬티는 소영에게 좀 큰 것 같다.

어둑한 학교 복도는 고요하다. 병욱이 복도 끝에서 망을 보고 소영과 나는 발소리를 죽여 과학실 문 앞으로 다가간다. 소영이 바닥에 엎드린다. 나는 신발을 벗어들고 소영의 등을 밟고 오른다. 잠금장치가 고장난 과학실의 세번째 창문은 쉽게 열린다. 텅 빈 과학실 안으로 넘어들어온다. 소영은 병욱을 불러 녀석의 등을 밟고 뒤따라 들어온다. 실험대 가장자리의 꽉 잠기지 않은 수도꼭지에서 촛농 같이 물방울이 떨어진다. 우리는 서늘하고 축축한 공기를 헤치며 실험자재를 보관해둔 선반으로 향한다. 좌측으로는 힘줄과 근육을 강조시켜놓고 우측으로는 장기의 위치를 부각시켜놓은 플라스틱 인체 모형이 보인다. 소영과 나는 우리의 키와 비슷한, 인체 모형을 들어 창문 밖으로 넘긴다. 창문에서 뛰어내리다가 발목을 살짝 삐었으나 웃음을 참느라 아픈 줄도 몰랐다.

인체 모형을 훔쳐들고 학교를 빠져나온 우리는 석양이 깔린 거리를 숨이 차도록 달린다. 녹색불이 깜박이는 신호등을 서둘러 건너다가 모형의 조립식 두개골이 떨어져나갔다.

인체 모형을 옥상 구석에 올려놓으니 그럴싸하다. 우리는 인체 모형에게 '바보'라는 이름을 붙여준다. 병욱은 바보 앞에서 권투를 하는 듯한 어설픈 폼을 잡는다. 빨래를 걷으러 올라온 주인집 할머니가 바보를 보더니 기겁을 하며 소쿠리를 집어던졌다.

아이들이 돌아간 뒤 나는 마른 걸레로 바보의 몸뚱이를 정성스럽게 닦아준다. 개도 바보가 마음에 든 모양인지 꼬리를 느릿느릿 흔들며 주변을 맴돈다.

지하방 남자가 이사를 했다. 지하방 남자의 이사를 도우러 온 그의 여자친구는 창백할 정도로 흰 피부에 손목에는 간장 얼룩 같은 점이 돋아 있었다. 둘은 대문을 들락거리는 내내 끊임없이 다투어댔다. 남자는 용달차에 짐을 싣고 머리를 벅벅 긁으며 골목을 떠났다. 용달차가 빠져나간 골목에 오후의 볕이 소다가루처럼 쏟아지고 있었다. 소영은 눈이 부신 듯 미간을 찌푸린 채 연신 골목 끝을 노려보고 있었다. 어디선가 푸드덕거리는 낯익은 날갯짓 소리가 들려왔다. 나는 주변을 두리번거렸지만 비둘기는커녕 참새 한 마리도 보이지 않았다.

소영이 앞장서 지하방으로 내려갔다. 발자국이 난무한 장판 위에는 남자가 버리고 간 책 몇 권이 굴러다니고 있었다. 소영은 신발을 신은 채로 집 안을 한 바퀴 돌더니, 발끝으로 책을 툭 걸어찼다.

"근데 그 아저씨랑은 진짜 무슨 사이였어?"

내가 슬쩍 묻는다. 소영은 집을 보러 온 사람처럼 싱크대의 수도꼭지를 틀어보기도 하고 화장실 변기 물을 내려보기도 한다. 좁은 방의 벽에는 수영복을 입은 여배우의 맥주 광고 사진이며 잡지에서 뜯어낸 듯한 속옷 차림 여배우들의 광고지가 붙어 있다. 소영이 광고지를 부욱 찢어낸다. 모래사장에서 윙크를 날리고 있는 여배우의 얼굴 뒤쪽으로는 야간비행중인 항공기 사진이 실려 있다.

"돈 빌려주고 못 받은 사이."

쓸쓸한 표정으로 소영이 말을 잇는다.

"치약 살 돈이 없대서 내가 이천원 꿔줬거든."

어른들은 뻔뻔스럽다. 나는 그 뻔뻔스러움을 제대로 배우고 싶다. 가게에서 도둑질을 하고 태연스럽게 걸어나오는 단순한 뻔뻔스러움이 아닌, 사람의 마음에 자국을 남기고도 아무렇지 않게 웃을 수 있는 여유. 진정한 뻔뻔스러움은 무지에서 비롯된다. 스스로가 뻔뻔스럽다는 것을 전혀 인지하지 못할 때 비로소 제대로 뻔뻔스러워질 수 있는 것이다. 그러나 뻔뻔스러워지기에 나는 아직 너무 소심하다.

나는 찢어진 광고지들이 너저분하게 붙어 있는 방 한가운데서 바지를 내린다. 소영이 문턱을 밟고 서서 나를 내려다본다. 방 한가운데에 앉아 아랫배에 힘을 모은다. 소영도 키득거리며 내 곁에 팬티를 내리고 앉는다. 한 방울 두 방울 투둑거리며 장판 위에 떨어지던 오줌방울이 이내 세찬 물줄기가 되어 뿜어져나오기 시작한다. 누런 장판 위에 금세 홍건한 두 개의 웅덩이가 고인다.

"우리 이제 진짜 친구다?"

내가 말한다. 소영이 눈을 찡긋한다. 열린 창문 틈으로 가느다란 햇볕이 넘어들어 웅덩이를 빛낸다.

나와 소영은 누가 먼저 옥상의 바보에게 먼저 달려가나 내기를 한다. 진 사람이 개 목욕을 시켜주는 벌칙을 걸었다. 일층 아줌마네 집에서 우렁차게 울어대는 아기의 울음소리가 들려온다. 울어라, 더 힘차게 울어라!

우리는 8월의 매미 울음소리 한가운데서 두개골 없는 머리를 드러내놓고 있을 바보를 향해 돌진한다.

15세

대야에 담긴 먹물이 출렁인다.

나는 항아리 속에 절인 배추를 담듯 대야에 왼쪽 손을 푹 담근다. 다시 손을 꺼내 두어 번 조심스럽게 털어낸 뒤 흰 전지 위에 손바닥을 찍는다. 손목에서부터 따끈한 힘을 뽑아내어 지그시 누른다. 손바닥의 주름 한 올 한 올이 나뭇잎의 잎맥처럼 정확히 찍혀나와야 의미가 있다.

"됐어, 다음."

체구가 큰 회장 언니가 두툼하게 살이 오른 손으로 내 어깨를 밀친다. 나는 그새 말라버린 왼손의 먹물 냄새를 킁킁거리며 대열 밖으로 빠져나온다. 회관 입구에 서 있던 임원 언니들이 비닐에 싸인 팬클럽 유니폼과 안내책자, 오렌지주스를 준다. 받은 물건들을 조심스럽게 껴안고 회관을 나선다. 눈부신 볕이 이마 위로 찬란하게 내리쬔다. 미끈하게 잘빠진 물개 한 마리가 내 가슴속에서 첨벙첨벙 물장구를 치고 있는 듯, 벅차오른다.

이로써 주만지 팬클럽의 일원이 되었다.

요즘 내 취미는 방과 후 구립도서관에 들르는 거다. 소영도 함께 가는데, 그애는 열람실보다 휴게실에 있는 것을 좋아한다. 두꺼운 책 한 권을 옆구리에 끼고 휴게실로 가서는, 누군가 이로 물어뜯은 듯 군데군데 찢어진 소파에 앉아 책장을 넘긴다. 휴게실에는 〈몽유도원도〉에나 나올 법한 자욱한 안개를 닮은 담배연기, 이상하게 짠맛의 커피를 뽑아내는 자판기, 그리고 그것들로 휴식을 취하는 대학생들 두셋이 있다. 소영은 교복 치마 위에 내려놓은 책을 아주 천천히 읽어내리다가 이따금씩 눈을 들어 그들을 흘끗거린다.

도서관에서는 육 개월마다 가장 책을 많이 대여한 중고생을 선별하여 상장과 상품을 수여한다. 상품은 무려 만원짜리 문화상품권 열 장이다. 루팡처럼 재빠르고 비밀스럽게 서가를 돌아보는 일이 끝나면, 가장 얇고 가벼운 책을 서너 권 골라 대여한다. 상품을 생각하면, 매일매일 책을 빌려가는 것은 일종의 아르바이트인 셈이다.

"병욱이 걔는 갈수록 키가 줄어드는 거 같더라."

소영이 말한다. 병욱은 남자 중학교에 다닌다. 녀석은 매일 저녁 아이스크림을 들고 우리 골목으로 찾아온다. 병욱이네 엄마는 병욱이 중학교를 졸업하기 전에 잭의 콩나무 씨앗을 구해 콩나물비빔밥이라도 해 먹고 쑥쑥 클 것이라 믿고 싶었던 모양이다. 병욱은 제 다리 길이보다 훨씬 더 긴 교복 바지를 그림자처럼 끌고 다닌다. 그러나 교복을 산 지 이 년이 다 되어가도록 병욱의 팔다리는 그다지 늘어날 생각이 없는 것 같다.

교복 블라우스의 옷깃에 묻은 얼룩을 대충 문질러 지우고 나니 하루는 더 입어도 될 것 같다. 싱크대 옆에 붙은 거울을 들여다보며 꼬리빗으로 머리를 빗는다. 가느다란 빗살에 엉킨 머리카락을 떼어버리려는 찰나.

"아악!"

나는 비명을 지른다. 손가락들이 허공 위에서 갈고리처럼 휘어져 공기층을 그러잡듯이 오그라든다. 비명과 함께 아버지의 물 묻은 발밑에서 축축하게 젖어가고 있는 스포츠신문을 낚아챈다.

무좀이 있는 아버지의 발은 신문 위에서 몇 번 꿈틀거리다가 미끄러진다. 좀처럼 1면에 나온 적이 없는 주만지의 사진이 스포츠 신문 1면에 당당히 찍혀 있었다. 신문 위에 널려 있던 아버지의 발톱이 내 교복 치마 위로 우수수 떨어진다. 젖어서 흐릿하게 번진 탓인지 사진 속 멤버들의 얼굴이 일그러져 보인다. 나는 원망스러운 눈길로 아버지를 바라본다. 아버지는 혀를 차며 손톱깎이를 내던진다.

작년 겨울, 아버지는 접이식 자전거를 준다는 데 혹해서 신문 구독을 신청했다. 신문지는 개의 용변패드로 요긴하게 쓰였다. 아버지는 면허정지를 당한 뒤 트럭 운전을 그만두고 동네 아저씨의 동생이 한다는 고깃집 일을 돕고 있다. 삼십 분 거리의 고깃집까지는 자전거를 타고 출근한다. 아버지는 자전거를 펼칠 때면 늘 대단한 무기라도 꺼내는 듯 비장한 표정을 짓곤 한다.

"아이돌 그룹 주만지, 광팬들의 난동으로 인해 촬영중 부상 위기."

주만지는 미소년들로 구성된 오인조 그룹이다. 막내 멤버 계피가 나와 동갑이고 리더를 맡고 있는 찰리는 스물한 살이다. 주만지를 알기 전까지 나는 연예인에게 목매며 발을 동동 구르고 울어대는 다람쥐 같은 계집애들을 한심하게 여겼다. 사실 그건 지금도 마찬가지다.

내가 가장 좋아하는 멤버는 계피다. 그러나 나는 주만지의 계피를 단순히 연예인으로 좋아하는 것이 아니다. 조금 더 진지하고 고상하게 좋아한다.

"안녕하세요."

주인집 할머니는 소영과 내 인사를 무시한 채 골목을 빠져나간다. 요즘 주인집 할머니의 잔소리가 부쩍 줄었다. 주인집 막내딸이 결혼상대로 거구의 흑인을 데리고 온 이후로 할머니는 약간 패닉상태에 빠진 듯 보인다. 주변 사람들에게 약점을 보였다고 생각하는지, 누군가와 마주치는 것을 꺼리는 눈치다. 주인집 네 명의 딸들이 번갈아서 동남아인, 유대인, 멕시코인 등 세계 각지의 인종을 결혼상대로 데려와주기만 한다면 이 주택의 평화가 더 오래 유지될 수도 있을 텐데.

주인집 딸은 흑인 남자친구를 곧잘 집으로 데리고 오는 모양이다. 그저께만 해도 소영과 함께 옥상에서 주만지의 노래를 연습하고 있는데, 흑인이 옥상 위로 올라왔다. 흑인은 우리를 향해 '헬로' 하며 웃었다. 나는 어정쩡한 표정으로 소영을 쳐다봤다. 소영은 영어시험에서 구십 점 이하로 받아본 적이 없는 모범생이었다.

흑인이 개에게 다가가자, 개가 맹렬하게 짖어댔다. 나는 오랜
만에 들어보는 개 짖는 소리에, 우리 개도 짖을 수 있구나 하는
까닭 없는 뿌듯함을 느꼈다. 하지만 이내 얌전히 있으라고 꼬리
를 밟아주었다.

흑인은 주머니에서 볼펜 한 자루를 꺼내주었다. 나무 재질의
볼펜 끝에는 석유램프 모형이 달려 있어서, 뚜껑을 누르면 램프
에 불이 켜졌다. 나는 뭐라고 대꾸해야 할지 몰라 소영을 쳐다보
았다.

"땡큐. 하우 알 유?"

소영의 영어에 흑인은 대답 대신 어깨를 으쓱하며 웃었다. 까
만 피부 사이로 가지런한 흰 이가 드러나자 나와 소영은 흠칫 뒤
로 물러섰다.

볼펜 잉크 속에는 똥파리라도 한 마리 헤엄치고 있는지, 쓸 때
마다 잉크 똥이 쉴새없이 나왔다. 그러나 한편으로는 무척 부드
럽게 써져서, 그 펜으로 낙서를 하고 있노라면 어쩐지 나른한 기
분이 들었다.

희정 언니의 남자친구도 가수다. 머리카락은 언제나 탈수기에

돌린 것처럼 뻗쳐 있고 얼굴에는 못처럼 생긴 피어싱을 여러 개 꽂고 다녀서 꼭 프랑켄슈타인 같다. 그는 늘 양말짝 같은 기타 케이스를 짊어지고 다닌다. 언니의 미용실이 마치 자기 집이라도 되는 것마냥 소파에 드러누워 온종일 코를 곯며 잠을 자기도 한다. 나는 그를 처음 본 순간 빈대 기질이 다분하다는 것을 알아챘다. 그러나 희정 언니는 그 앞에서 늘 쩔쩔맨다.

"그런 것들이 무슨 가수냐? 노래는 쥐뿔도 못하면서 느끼한 쌍판으로 코흘리개 여자애들이나 후리는, 남자 망신시키는 것들."

치킨 가게 구석자리에서 닭다리를 발라 먹던 그가 말한다. 희정 언니는 그의 입가에 묻은 양념을 손수 닦아주고, 목이 마르다고 하면 직접 맥주잔을 들어 입에 갖다대준다. 얼마 전에 미용실에서 언니가 내 눈을 피해 그의 바짓주머니에 돈을 쑤셔넣어주던 광경이 떠오른다. 문득, 닭 튀기는 냄새가 오래 안 감은 머리칼 냄새처럼 역겹다. 나는 김빠진 콜라를 들이켜며 그의 콧잔등에 유리잔을 내리찍고 싶은 충동을 간신히 억누른다.

집으로 돌아오던 나는 어둠 속에서 낯익은 얼굴을 발견한다. 시장 어귀의 낡은 극장 건물 앞이었다. 극장은 오래전에 문을 닫았지만, 건물 앞에는 아직까지 상영작 간판이 걸려 있다. 간판 그림 속에는 붉은색 속옷을 입은 여자가 비스듬히 누워 있다. 건물 이층에는 정체를 알 수 없는 사무실이 있다. 누군가 건물을 빠져나온다. 그러자 건물 입구에 앉아 있던 병욱과 낯선 여자애가 몸을 옆으로 비켜 길을 터준다. 고개를 돌리던 병욱과 눈이 마주친다. 병욱은 당황한 얼굴로 옆자리 여자애와 나를 번갈아 쳐다본다. 나는 손가락으로 관자놀이 옆을 빙빙 돌려 보인다. 얼굴이 거무튀튀하고 이에 교정기를 낀 여자애가 나를 물끄러미 바라본다. 버려진 폐성과 잘 어울리는 좀비 한 쌍이다.

"연이야!"

나는 병욱의 부름을 못 들은 척 집으로 향한다.

시커먼 칼이 갈치 비늘을 긁어낸다. 희정 언니는 솔기가 뜯어진 지갑을 꺼내 토막난 갈치 값을 치른다. 나는 감자와 고추가 든 비닐봉지를 고쳐든다. 해가 질 무렵의 시장은 짙은 비린내와 흙냄새를 풍긴다. 나프탈렌과 손톱깎이, 구둣주걱 등이 담긴 소형 리어카가 요란스러운 음악과 함께 구정물을 밟으며 곁을 스쳐간다. 나는 오른쪽 발목에 튄 구정물을 왼쪽 발뒤꿈치로 닦아낸다.

"그 사람 기타 칠 줄 몰라. 노래도……"

쓸쓸한 표정으로 희정 언니가 중얼거린다. 나도 기분이 별로인

상태라 못 들은 척한다.

오늘 가정실습시간에는 샌드위치 만드는 법을 배웠다. 삶은 달걀을 으깨서 마요네즈와 함께 버무리고, 햄과 치즈를 적당한 크기로 잘라서 전부 식빵 속에 끼워넣기만 하면 되었다. 속살처럼 흰 식빵은 누르는 대로 손자국이 생겼다. 샌드위치는 각자 두 개씩 만들 수 있었다. 대부분 한 개는 자기가 먹고, 다른 한 개는 다른 반 친구나 좋아하는 선생님에게 갖다주었다. 나는 냅킨에 샌드위치를 싸서 물상선생님에게로 들고 갔다. 언젠가 내가 체했을 때 직접 손가락을 따준, 젊고 예쁜 선생님이었다. 내 예상대로 선생님은 약간 부끄러운 듯이 웃으며 샌드위치를 받았다.

교실 청소를 마치고 교무실에 들렀을 때 담임선생님은 보이지 않았다. 돌아서서 나가려고 하는데 물상선생님의 책상 구석에 샌드위치가 보였다. 샌드위치 위쪽으로는 두어 권의 책이 무심하게 쌓여 있었다. 식빵 사이로 마요네즈가 비죽이 흘러, 책상 유리 위에 부옇게 번져 있었다. 나는 재빨리 샌드위치를 집어들고 교무실을 빠져나왔다.

물컹하게 물러진 식빵은 누리끼리했다. 나는 집에 오며 샌드위치를 먹어치웠다. 소영이 한 입만 달라고 했지만, 주지 않았다.

주만지의 노래는 특별하다. 특히 계피의 목소리는 그중에서도 유별나다. 듣고 있노라면, 누군가 내 머릿속에 밀가루라도 한 줌 뿌린 것처럼 생각이 온통 하얘진다. 조명 속에서 춤을 추는 모습을 보고 있노라면, 주변은 온통 검은 장막처럼 어두워지고 오직 그들의 얼굴만 환하게 눈에 띈다. 나는 매일 밤 잠들기 전에, 주만지의 여섯번째 멤버가 된 내 모습을 그려본다. 멤버들이 나를 사이에 두고 삼각관계에 빠져 고뇌하거나(무대 위에서 노래를 부르다가 과로로 지쳐 쓰러진 나를 앞다투어 업고 내려가려고 하는 장면이 좋다), 그중 계피와 비밀커플이 되어 남몰래 데이트를 즐기는(합숙소에서 함께 장난을 치고 놀다가 마룻바닥에 나란히 웅크리고 잠든 모습쯤이 좋겠다) 상상을 하곤 한다.

생각하는 것만으로도 속이 떨려서 밤을 지새우기도 하고, 때로는 오리털이불 속에 푹 싸인 듯 푸근해져서 깊게 잠들기도 한다.

"뭘 테레비를 그렇게 노려보냐. 쟤들이 너 무서워서 방송하겠냐."

방바닥에 드러누워 있던 아버지가 발가락으로 나를 툭툭 건드리며 말한다. 연예가 뉴스를 보던 나는 방에서 나온다. 요즘따라 아버지는 쓸데없는 장난을 많이 건다. 뿐 아니라 어색하고 재미없어서 오히려 민망하기까지 한 농담도 곧잘 던진다. 정말 귀찮기 짝이 없다.

옥상 밖으로 나오자 밤바람이 시원하다. 난간에 몸을 기대고 동네를 내려다본다. 불빛이 밝혀진 남의 집 창문을 보고 있으면 이상하게도 허전한 기분이 든다. 나는 내가 갖고 싶은 건 훔치거나 빼앗아서라도 손에 넣는다. 그런데 이렇게 남의 집을 보고 있다보면, 이 세상에 내가 정말 원하지만 결코 얻을 수 없는 그 무언가가 내 이마를 물끄러미 쳐다보고 있는 기분이 든다.

"승기 오빠라고 불러. 내 이름 부를 수 있는 사람 많지 않다, 너."

희정 언니 남자친구는 발가락 사이를 긁어대며 말한다. 나는 슈퍼에서 아이스크림을 사들고 나오는 중이었다. 그는 슈퍼 앞의 평상에 앉아서, 기분 나쁘게도 내가 산 것과 똑같은 아이스크림을 빨아 먹고 있었다. 주만지가 선전하는 과일 함유 아이스크림이다. 나는 그를 빈대라고 부르기로 한다.

빈대는 내게 과자와 쥐포를 사주었다. 별로 먹고 싶지 않았는데 생색을 내며 떠안기더니, 결국 제 입으로 다 들어간다. 내가 도서관에서 빌린 책을 들춰보던 그는, 신기한 것을 발견한 듯 눈이 커진다. 80년대 작가 사진이다. 남자는 머리카락을 파마로 한

껏 부풀리고, 잠자리안경을 썼다. 검은 눈 밑, 길게 자란 수염이며 입에 물고 있는 담배가 마치 무인도에 두 달쯤 표류되어 있던 사람 같다.

며칠 뒤 언니의 미용실에서 빈대를 발견한 나는 기절할 뻔했다. 그는 사진 속에서 본 남자와 똑같은 수염과 헤어스타일을 하고, 어디서 구했는지 모를 잠자리안경까지 쓰고 있었다. 그의 말을 빌리자면, 21세기의 퇴폐를 복고적으로 해석한 것이라고 했다. 빈대는 제멋대로 나를 자신의 '날개가 젖은 나비 친구'라고 불렀다.

그는 미용실 안에만 있기가 따분했던지, 괜히 나와 소영을 쫓아 동네를 어슬렁거린다. 우리집에 개가 있다는 소리를 듣고는 옥상까지 따라오기도 했지만, 개가 그르릉거리며 기타 케이스를 물어뜯자 부리나케 도망쳤다. 그는 달음박질 하나는 기가 막히게 잘했다. 갓난애기 때 첫 똥 싸던 힘까지 다해 달리는 듯했다.

팬클럽 임원으로부터 연락이 왔다. 계피의 생일파티 티켓을 구했는데, 살 생각이 있느냐는 것이었다. 나는 망설일 것도 없이 그러마고 대꾸했다. 임원은 티켓의 수요가 생각보다 많아서 가격이 삼만원으로 올랐다고 했다.

전화를 끊은 뒤 옥상으로 나왔다. 졸고 있던 개가 귀를 움칠거리며 고개를 들었다. 밤하늘의 한 귀퉁이를 잡고 흔들면, 어둠의 자락이 커튼처럼 흔들리며 모래알 같은 별들이 우수수 떨어질 것 같은 밤이다. 나는 개를 향해 싱긋 웃는다. 개는 앓는 소리를 내며 나를 외면한다.

개는 창고를 향해 짖는다. 자리에서 펄쩍 뛰어오르며 공중제비 흉내를 내기도 한다. 러닝셔츠 위로 뱃살이 불거진 남자가 돈을 건넨다.

"이만원 모자라는데요. 원래 삼만원 주기로 했잖아요."

나는 개의 목줄을 손에 쥔 채로 말한다. 남자의 입에 물린 담배 끝에서 길게 불어난 재가 툭, 떨어진다.

"다리병신인 줄 몰랐지."

남자는 개의 왼쪽 뒷다리를 흘끗 쳐다본다. 나는 창고를 향해 되돌아가려는 개를 끌고 대문을 넘는다. 뒤돌아보니 창고 밖으로 우리 개와 비슷한 개 한 마리가 주둥이를 삐죽 내밀고 있다.

큰길로 나와 개의 머리통을 쓰다듬어준다. 만년 잡종인 줄 알았더니, 저 나름대로 종자가 있는 모양이었다. 보통은 짝짓기를 시킨 뒤 새끼를 낳으면 새끼로 받아간다지만, 나는 지금 돈이 급하다. 개가 나에게 배신감을 느낀다고 해도 어쩔 수 없는 노릇이다.

집으로 돌아가는 길에 아버지의 고깃집에 들른다. 유흥가와 음식점이 밀집한 골목은 입구에서부터 각종 음식 냄새가 진동한다. 아버지가 일하는 식당 안쪽을 기웃거려본다. 매캐한 연기가 허리를 부옇게 부풀리며 흘러나온다. 어쩐 일인지 앞치마를 두르고 양손에 각각 집게와 가위를 들고 있어야 할 아버지의 모습이 보이지 않는다. 넓은 가게 안에서 서빙을 하고 있는 것은 전부 젊은 아르바이트생들뿐이다. 순간, 아버지가 또 어딘가에서 술이나 마시고 농땡이를 치고 있는 것이 아닌가 하는 불안감이 속을 후려친다.

톡톡. 누군가 내 어깨를 두드린다. 뒤를 돌아보자 돼지 한 마리가 서 있다. 나와 돼지는 잠시 서로를 노려본다. 돼지가 인형 탈을 벗는다. 아버지다.

개는 고기 뼈다귀들을 부지런히 씹어 먹는다. 주방에서 버리는 고기찌꺼기들을 갖다준 아버지는 뭐 대단한 것이라도 해준 사람처럼 개 엉덩이를 발로 톡톡 찬다. 아버지가 옆구리에 끼고 있는 돼지 탈은 때가 타서 코 부분이 새까맣다.

나는 개가 식사를 마칠 때까지, 아버지에게 삼만원만 달라는 이야기를 꺼내지 못했다.

병욱은 우리 학교 교문 앞에 쭈뼛거리며 서 있다. 하교중이던 여자애들이 전부 병욱 쪽을 흘끔거리며 킥킥거린다. 나는 최대한 빠른 걸음으로 교문을 빠져나와 육교를 건넌다. 병욱이 뒤쫓아 달려온다.

"있잖아, 이제 우리 엄마가 너희 엄마 본 거 같대."

나는 걸음을 늦춘다. 병욱은 더듬거리며 말을 잇는다.

"의정부 할머니네 가는데 지하철역 앞에서 너희 엄마 같은 사람을 봤대. 애기를 안고 있긴 했는데 너희 엄마 맞는 거 같았대. 너희 엄마 의정부에 있나봐."

나는 몸을 돌려 병욱을 본다.

"찾으러 안 가?"

병욱이 묻는다. 먼지 쌓인 플라타너스 이파리들이 갈잎으로 변해 떨어진다. 도로의 승용차 한 대가 클랙슨을 길게 울리며 지나간다.

"너 요즘은 왜 개 흉내 안 내냐?"

나는 미간을 찡그리며 묻는다. 병욱은 눈을 껌벅인다.

"사실 혼자 있을 땐 가끔 짖어."

나는 병욱에게 지금 여기서 짖어보라고 명령조로 말한다. 녀석은 주위를 두리번거리더니 "여기서?" 하고 되묻는다. 나는 단호하게 고개를 끄덕인다.

컹컹! 지나가는 여자애들이 흘끗거린다. 병욱은 목을 뻣뻣하게 세운 채 내 눈치를 본다.

"더 해?"

오후의 농밀한 볕이 지상으로 잠수한다.

돈은 예상치 못한 곳에서 생겼다. 세탁소 앞에서 만난 빈대는 심상치 않은 표정을 짓고 있었다. 그는 나를 보더니 마침 잘 만났다며 주머니에서 무언가를 꺼내주었다. 내 손바닥 위에 놓인 것은 언젠가 희정 언니가 그에게 선물했던 금목걸이였다. 빈대는 희정 언니에게 잘 돌려주라고 부탁했다. 그는 무슨 말을 더 이으려다 말고 잠자리안경을 벗더니, 갑자기 달리기 시작했다. 빈대는 순식간에 눈앞에서 사라졌다.

희정 언니는 족집게로 다리털을 뽑으며 주말 영화를 보고 있었다. 언니는 더이상 장국영의 팬이 아니다. 지금은 조니 뎁과 주드로를 좋아한다. 텔레비전 옆에 항상 놓여 있던 빈대의 사진 액자가 사라졌다. 희정 언니와 나는 영화가 끝날 때까지 아무 말도 하지 않는다. 영화의 엔딩 크레디트가 올라가고 더이상 다리에 뽑을 털이 없자, 언니는 재떨이를 끌어당긴다.

"연이야, 족발 먹을래?"

배달되어온 족발은 푸짐하다. 각종 야채와 막국수까지 서비스로 끼어 왔다. 우리는 뱃속이 기름기로 미끌미끌해질 때까지 신나게 고기를 집어 먹는다.

"내가 이 족발 땜에 승기랑 헤어졌잖아."

언니는 입이 미어지도록 상추쌈을 넣은 채로 말한다.

"그저께 밤에 갑자기 족발이 너무 미치도록 먹고 싶은 거야. 그래서 지갑을 열었는데 돈이 한 푼도 없더라, 야. 땡전 한 푼도."

나는 주머니에 넣어둔 목걸이가 실수로 빠지지 않도록 더 깊이 찔러넣는다. 언니는 마늘이 너무 맵다며 입을 벌리고 손부채질을 한다. 나는 마지막 남은 마늘 한 조각을 입에 넣으려다가 슬그머니 언니 앞에 내려놓는다. 내 경험상 슬플 때는 온몸이 뜨거워질 정도로 매운 걸 먹는 것이 좋다.

흑인은 영문을 모르겠다는 표정으로 소영과 나를 번갈아 본다. 나는 싸구려 선물상자에 솜을 깔고 넣어두었던 목걸이를 펼쳐 보인다. 소영은 '이 금목걸이를 당신의 약혼녀에게 주면 그녀가 매우 기뻐할 것입니다'를 영어로 말한다. 나는 손가락 두 개를 펴 보인다. 투, 투, 두 장! 흑인은 웃으며 목걸이가 정말 금이 맞느냐, 투가 얼마냐고 묻는다. 소영은 흥분해서 얼굴이 시뻘겋게 달아오른 채로 열심히 영작을 하여 설명한다.

우리는 결국 사랑의 카드를 서비스로 끼워서 흑인에게 목걸이를 팔았다. 정말이지 금목걸이가 이만원이면 거저나 다름없다. 장사 맛을 처음 본 소영은 흑인을 호구로 여긴 모양인지, 제 목에 걸려 있는 색이 변한 은목걸이와 찌그러진 은반지까지 팔아넘길 궁리를 한다.

나는 계피의 생일파티 티켓 값 삼만원을 교복 블라우스의 윗주머니에 반듯이 접어넣는다.

소영의 휴대폰으로 팬클럽 회장 언니에게 문자를 보낸다. 생일파티는 토요일 오후 두시, 대학로의 소극장에서 열린다고 한다.

소문에 의하면, 팬클럽 회장 언니의 친언니가 드라마에 나오는 여자 탤런트 담당 코디라고 한다. 때문에 회장 언니는 마음만 먹으면 방송국 대기실도 드나들 수 있단다. 어떤 남자 배우가 여성 듀오 그룹의 두 멤버 사이에서 양다리를 걸쳤다거나, 십대 신인 배우가 선배에게 까불다가 구두 밑창으로 뺨을 얻어맞았다거나, 요즘 인기 있는 모 배우는 코딱지 파는 습관이 있는데 가끔 그걸 협찬받은 옷에 묻혀놓기도 한다는 등의 연예계 뒷소문은 전부 회장 언니의 입을 통해 퍼진다. 회장 언니가 공개방송 때 팬클럽 회원들을 통솔하는 모습을 보면 마치 죄수들을 다루는 간수 같다. 그녀는 회원들이 제멋대로 날뛰어서 주만지 얼굴에 똥칠을 하는 것을 보니 엄하게 회원들을 관리하고 나중에 욕을 먹는 희생을 감수하겠다고 한다.

그러나 회장 언니를 욕하는 회원은 아무도 없다. 팬클럽 모임이라도 있는 날에는 회원들이 그녀에게 준 먹을거리와 선물이 장작처럼 쌓인다. 가로로 찢어진 작은 눈에 들창코인 회장 언니가 회원들에게 인상을 쓰는 모습은 동물농장의 돼지를 연상케 한다. 회원들이 그녀의 말에 순순히 복종하는 것은 어쩌면 대기실에 출입해보겠다는 헛된 망상이나, 그나마 주만지와 가까워 보이는 말단 권력에 대한 본능적인 아부근성 때문이 아니라, 회장 언니의 외모 때문인지도 모른다. 예쁘고 세련되며 친절하기까지 한 회장보다는 차라리 횡포를 부리는 거구의 회장을 두는 것이 낫다고 생각하기에.

"그거 그래도 헤어지자는 말 떨어지자마자 미용실에 놔뒀던지 물건까지 싹 챙겨가는 거 보니까 괘씸하데."

옛날에 입던 속옷을 주겠다며 나를 불러낸 희정 언니가 말한다. 언니가 어릴 적에 입었다는 브래지어는 끈 부분이 닳긴 했지만 깨끗하다. 민소매 티셔츠에 짧은 바지를 입은 언니는 춥다며 양손을 자기 겨드랑이 사이에 밀어넣는다.

"하긴, 제까짓 게 챙겨가봤자 다 싸구려 나부랭이지."

사람은 이별 후에 슬픔을 거쳐 분노와 경멸의 단계에 이르게 되어 있나보다. 나는 속옷을 담은 쇼핑백을 반으로 접어 옆구리에 낀다. 그러고는 희정 언니의 눈치를 보며 슬쩍 묻는다.

"언니가 준 목걸이랑 그 무슨 명품 벨트는 비싼 거 아니었어?"

언니는 얼른 집에 들어가라며 내 등짝을 툭 친다.

"비싼 거 좋아하네. 거 다 짝퉁이야. 돈깨나 깨졌던 거는 걔 더위 탄다구 보약 지어 먹였던 거지. 내가 미쳤어."

무조건 많이 훔치는 사람이 부자가 되는 게 아니다. 진짜를 훔치는 사람이 부자가 되는 것이다.

소영은 팔이 부러졌다. 걔네 엄마 계모임에서 간 수락산 단풍놀이에서 다친 것이다. 계곡 바위 위에 서 있는데 꼬마애가 뒤에서 떠다밀었단다. 소영은 자신이 차가운 계곡물 속에 처박혀 이마에서 피를 흘리고 있는데도, 장난인 줄 알고 히죽거리며 내려다보던 꼬마의 얼굴은 결코 잊을 수 없다고 한다. 악마는 우리 가까운 곳에 존재한다고 중얼거리는 소영의 눈썹이 움칠거린다. 투명한 링거액이 느린 간격으로 떨어진다.

"비싼 돈 주고 가놓고, 왜 또 계피한테 시들해졌대? 하여튼 여자 변덕은 개죽을 쒀."

소영은 나를 향해 애늙은이처럼 말한다. 나는 걔네 엄마가 사다놓은 맥반석 달걀과 사이다를 먹는다.

계피의 생일파티는 완벽했다. 다 함께 〈마법의 성〉을 부를 때는 양 옆자리의 두 여자애가 콧물을 들이마셔가며 눈물을 흘렸다. 풍선을 흔들 때는 다 같이 박자에 맞춰서 흔들어야 했다. 나는 일부러 엇박자에 풍선을 흔들었다. 주변을 둘러보니 나 외에도 그러한 반칙을 하고 있는 애들이 몇 보였다. 계피와 눈을 마주치려고 시도해봤지만, 뒷자리에서 내려다보이는 그의 눈은 너무 작았다.

소영에게 만화책을 빌려다준 뒤 병원을 나선다. 링거병을 매달고 병원 입구까지 나를 바래다준 소영은, 병원 탐방을 해보겠다며 옆 병동으로 들어간다.

요즘 나는 매일 구립도서관이 문을 닫을 때까지 그 안에 머무른다. 열람실의 큼직한 유리창 너머로 저녁 햇살이 비쳐들 때쯤이면, 대출 코너에 앉아 있는 사서의 오른쪽 뺨이 볕에 물들어 발

그레해진다. 도서관에 새로 들어온 사서는 이십대 중반쯤 되어 보인다. 나는 책 너머로 사서를 훔쳐본다. 그는 계피를 닮았다. 계피에 비해 골격이 크고 입술선이 조금 흐릿하긴 하지만 처음 봤을 때는 혹시 그의 형이 아닐까 의심이 갈 정도였다.

그는 도서관 매점에서 파는 도넛을 좋아하고 오렌지 알갱이가 들어 있는 주스를 자주 마신다. 계피처럼 코를 찡긋거리는 버릇은 없지만, 바코드를 찍다가 새끼손가락으로 턱을 긁적이는 습관이 있다.

"책을 많이 읽나보네. 이거 새로 나온 시집인데 한번 읽어봐."

사서는 신간 코너에 꽂혀 있던 초록색 커버의 책을 꺼내 내게 건넨다.

이 세상에는 진짜와 또다른 진짜가 존재하기도 한다.

아버지는 주만지가 나오는 음악 프로그램의 채널을 바꾼다. 내 눈치를 슬쩍 살피더니 다시 음악 프로를 틀었다가 또 재빨리 다른 채널로 바꾸어버린다. 나는 모르는 체한다. 아버지는 네가 이래도 가만히 있을 거냐, 하는 식으로 음악 프로그램과 타 프로그램 사이에서 리모컨을 반복해서 눌러가며 흐흐 웃는다.

"엄마가 의정부에 있나봐요."

교복 블라우스의 소매 부분을 다리미로 누르며 말한다. 아버지의 채널이 고정된다. 나는 약간의 통쾌함을 느끼며, 부연 김을 입으로 훅 불어낸다. 블라우스 깃 부분이 쭈글쭈글해지지 않게 조심스레 다리며 말을 잇는다.

"고깃집 아저씨한테 들었는데 주방 아줌마랑 만난다면서요? 난 그런 거 반대 안 해요."

아버지는 잠잠하다. 내가 교복 치마를 다릴 때까지도 아무 말이 없더니, 조용히 운동화를 꿰어신고 밖으로 나간다.

나는 아직 어머니의 수저를 가지고 있다. 손잡이에 꽃이 새겨져 있는 그 수저는, 옥상 구석에 있는 주인집 할머니네 항아리에서 된장을 풀 때만 쓴다.

잠을 자려고 누웠는데 경찰서에서 전화가 왔다. 아버지가 술주정을 하다가 끌려왔다고 한다. 경찰서에 달려가보니 아버지 덩치의 두 배쯤 되어 뵈는 고깃집 아저씨가 눈가에 난 멍을 훈장처럼 귀하게 모시고 있는 것이, 앞으로는 아버지에게 자전거가 별로 필요 없을 듯하다. 아버지는 젊은 경찰 앞에 앉아 있었다. 나는 늘어난 티셔츠의 뒷모습을 향해 아버지, 하고 부르지 못했다. 아버지의 등짝이 내 입김에 날아가버릴 것 같았다. 젊은 경찰이 의아한 눈초리로 나를 바라본다.

"제가 보호자인데요."

혼자 있고 싶다고 말했는데도 소영은 줄기차게 전화를 해댔다. 하는 수 없이 문병을 온 나는 턱을 괴고 창밖을 내다본다. 아버지의 합의금 때문에 집세가 밀리게 생겼다. 만일 지금 내가 소영처럼 팔이 부러진다면, 입원은커녕 딱풀이나 칠해놓고 뼈가 붙길 기다려야 할 거다.

나는 도서관의 사서와 아버지의 사고 이야기를 한다. 소영은 마치 시사 프로에서 일당을 받고 앉아 있는 방청객처럼 적당히 반응을 날리며 경청한다. 내가 말을 마치자, 소영은 눈을 가늘게 뜨며 입을 연다.

"내가 이번에 다치고 나서 느낀 게 뭔지 알아?"

소영은 돌처럼 딱딱한 깁스를 내 코앞에 갖다대며 말을 잇는다.

"나도 넘어지면 뼈 부러지고 긁히면 살 찢어지는 평범한 인간이었구나, 하는 거."

병원에서 생활한 뒤로 소영은 부쩍 늙어버린 것 같다.

"난, 남들보다는 좀 특별한 줄 알았거든."

소영은 어깨를 으쓱하며 말한다. 그러고는 머리맡에 있던 휴대폰을 집어 제 엄마에게 전화를 건다. 닭갈비를 먹고 싶다고 조르자, 수화기 건너편의 목소리가 알겠다고 대꾸한다.

나는 끈질기게 소영의 옆자리를 지키고 있다가, 저녁 무렵 그 애 엄마가 사온 닭갈비를 무서운 속도로 먹어치웠다. 팔이 아픈 소영보다야 내가 더 집어 먹는 속도가 빨랐다. 잔뜩 불러온 배를 두드리며 병실을 나오자, 그나마 기분이 좀 나아졌다. 역시 친구란 필요한 존재라고 생각했다.

방에 붙여놓았던 주만지 브로마이드를 뜯어낸다. 노트에 스크랩했던 신문기사와 잡지 사진도 휴지통에 던져넣는다.

희정 언니는 내 부탁대로 머리칼을 짧게 잘라주었다. 목덜미를 간질이던 머리칼이 짧아지자, 뇌가 반쯤 줄어든 것처럼 가뿐하다. 나는 미용실에 있는 립글로스를 입술에 바르고, 언니 몰래 분첩으로 콧잔등을 찍는다. 교복 블라우스의 리본을 꽉 조여맨다.

사서는 네시 무렵이 되면 컴퓨터실에 놓인 폐휴지통을 비운다. 나는 계단 옆을 서성인다. 네시 오분쯤 되자 위쪽 복도에서 커다란 상자를 들고 내려오는 사서의 모습이 보인다. 나는 홉, 소리와 함께 숨을 들이마시고는 전속력으로 계단을 뛰어올라간다.

"아악!"

둔탁한 소리와 함께 숨이 막힌다. 누군가 내 머릿속에 들어 있는 주사위를 연달아 발로 걷어차고 있는 듯한 기분이다. 젊은 여자의 비명소리가 들린다. 말발굽 소리처럼 다급하게 몰려오는 발소리와 사서의 떨리는 목소리도 이어진다. 팔랑팔랑 떨어져내린 폐휴지가 내 몸 위에 사뿐히 내려앉는다. 히죽. 나는 병욱의 머저리 웃음을 흉내내본다.

계단에서 굴러떨어진 후 이마가 찢어지고 발목의 인대가 늘어났다. 나는 부딪치는 순간 사서의 폐휴지함이 나를 밀쳤다고 이야기했다. 아버지는 자신의 유일한 특기인 '막무가내 우기기' 실력을 십분 살려, 사서를 다그쳤다.

사실 계획한 것보다 더 많이 다치긴 했다. 팔이나 살짝 삐어, 사서의 부축을 받아 침을 맞으러 가는 것 정도로 끝내려고 했는데.

소영과 같은 병원에 입원했다. 사서는 음료수세트와 책 두 권을 들고 병문안 왔다.

"야, 계피는커녕 감초도 안 닮았다."

소영이 내 귓불을 잡아당기며 속삭인다. 나는 손등으로부터 이어져 있는 링거병을, 고군분투 끝에 빼앗은 골동품 항아리처럼 올려다본다. 사서는 난감한 표정으로 나를 건너다본다. 병원 불빛 아래서 본 사서의 머리칼에는 비듬이 있다.

"소영아, 너 닭갈비 먹고 싶지 않냐."

나는 소영에게 말하고는 흘끗 사서를 쳐다본다. 그러고는 몹시 아프다는 듯 얼굴을 찡그리며 이마를 짚는다.

세상은 아름답다. 개를 병실에 데리고 들어올 수 있었더라면 더 아름다웠겠지만.

난생처음 침대에 누워봤다. 식사시간이 다가와도 굳이 식당까지 갈 필요 없이, 누워 있다가 그 자리에서 몸만 일으켜 먹으면 된다. 『아라비안나이트』의 왕이 된 기분이다.

내 옆자리에는 심장수술을 받았다는 욕쟁이 아줌마가 있다. 내가 누워 있으면, "니미럴, 젊은 게 시간 아깝지도 않냐. 얼렁 일어나서 지랄발광 한번 떨어봐"라고 말을 걸고, 간호사가 주사를 놓으러 오면, "아따, 이쁘게 생겨먹어가꼬 주사 한번 드럽게 징허게 놓네" 하고 투덜거린다.

저녁 드라마를 기다린다. 이때쯤 되면 병실의 모든 아줌마들은 총을 장전하는 군인의 표정으로 브라운관을 응시한다. 드라마가 시작됨과 동시에, 저 며느리를 쥐어패야 하네 어쩌네, 요즘 저런 막가는 시어미가 있네 없네, 하는 설전을 벌이기 위해서나. 보험 광고에 이어 주만지의 음료수 광고가 나온다.

"어매 저것들, 저게 사내여 기집이여?"

욕쟁이 아줌마가 입을 뗀다. 나는 옆에서 이불을 끌어당기다가 "남자애들이요"하고 대꾸해준다.

"시방, 내가 삼십 년만 젊었어도 서방 삼아 끼고 살았을걸. 아깝네. 흐흐."

아줌마는 발바닥을 주무르며 입맛을 다신다. 나는 덮고 있던 이불로 입을 틀어막고 웃음을 삼킨다. 그러나 배꼽 아래에서 간질간질한 기분이 올라와, 이내 큰 소리로 웃음을 쏟아내고 만다.

"아따, 대가리도 대추알만한 게 어른을 비웃냐?"

"좋을 때야. 저 나이 땐 낙엽만 굴러가도 웃고 울지."

"아 조용히들 좀 해봐요, 시작하잖수!"

나는 여전히 키득거리며 이마에 붙여놓은 거즈를 만지작거린다. 상처가 금방 아물지 않았으면 좋겠다. 아줌마들 쪽으로 머리를 기울이고 누우면, 정수리에서부터 따뜻한 기운이 번져서 잠이 잘 온다.

가을비가 내린다. 집 안은 습한 어둠에 잠겨 있다. 빌려다두기만 했지 본 적 없던 책을 펼친다. 활자를 읽는 대신 종이를 코에 갖다대고 냄새를 맡는다. 요즘 아버지는 아침 일찍 나가서 밤늦

게야 돌아온다. 무얼 하고 다니는지는 모르겠지만, 돈을 벌고 있지 않은 것만은 확실하다.

등에 업힌 달구가 보챈다. 일층 아줌마는 달구를 업고 있으면 한 시간에 천원씩 준다고 했다. 달구는 입에 제 손가락만 물려놓으면 조용하다. 아줌마가 알면 애 입술 튀어나온다고 기겁하겠지.

나는 창밖으로 내리는 비를 내다보며 시디플레이어를 작동시킨다. 얼마 전에 같은 반 여자애 가방에서 훔친 거다. 그애는 성냥갑만한 최신형 엠피스리가 두 개나 있기에, 자라 등껍질 같은 시디플레이어쯤은 없어도 될 거 같았다.

그때, 누군가 요란하게 현관문을 두드린다. 병욱이다.

"연이야, 빨리 나와봐. 큰일났어."

나는 병욱의 다급한 목소리를 외면한 채, 그애 손에 들려 있는 비닐봉지를 낚아챈다. 내가 좋아하는 아이스크림이다. 일부러 여유롭게 아이스크림 한 개를 뜯어 입에 넣는다. 병욱은 파라솔처럼 큰 우산을 쓰고 있음에도 옷이 다 젖었다.

병욱이 앞장선 곳은 시장 앞 사거리다. 나는 한 손으로는 등에서 덜렁거리는 달구를 손으로 받치고, 다른 한 손으로는 녹아가는 아이스크림을 든 채 걷는다. 병욱은 건널목 앞에서 설음을 멈추고 도로 한복판을 바라본다.

비 내리는 도로에서 한 남자가 휘청거리고 있다. 차들은 신경질적으로 경적을 울린다. 두 팔을 휘저으며 소리를 질러대는 남자는 얼핏 보면 춤이라도 추고 있는 듯하다. 가게 사람들이 얼굴을 내밀고 그를 구경한다.

"내가 못 살아, 내 너 이럴 줄 알았다!"

뒤에서 우악스러운 주먹이 내 머리통을 쥐어박는다. 일층 아줌마는 내 허리에 매어진 포대기를 거칠게 내리고, 비에 반쯤 젖은 달구를 끌어안는다. 그녀는 눈을 부라리며 주먹으로 내 뺨을 쥐어박는다.

"얘 감기라도 걸리면 너 가만 안 둘 줄 알어. 어디 계집애가 남의 귀한 손자를 아주……"

아줌마는 말을 잇지 못하고 비명을 내지른다. 우산을 버리고 달려든 병욱이 아줌마의 팔뚝을 물어뜯고 있다. 빗물이 눈 속으로 들어간다. 물이 들어가면 눈이 출렁거리며 부드러워져야 할 텐데, 왜 도리어 뻑뻑해지는 걸까. 의아하다고 생각하며 다시 남자를 향해 시선을 돌린다. 남자는 발을 헛디뎌 미끄러지며 도로에 엉덩방아를 찧는다. 그는 넘어진 채로 괴상한 소리로 울부짖더니 짐승 같은 승용차들 사이를 엉금엉금 기어가기 시작한다. 그가 달려오는 차에 받혀 날아오르는 순간의 침묵이 떠오른다.

이 세상에 나 홀로 남겨진다는 것은 어떤 기분일까. 문득, 온몸에 소름이 돋으며 검은 안개 같은 두려움이 솟아오른다. 그의 주변에서 유령처럼 날아다니던 비닐봉지가 비 섞인 바람에 날아온다.

'의정부 슈퍼마켓'. 비닐봉지는 내 발치를 스쳐, 다시 한 마리의 새처럼 어디론가 날아간다.

약국을 나선다. 주머니에 담긴 아버지의 감기약 봉지가 부스럭거린다. 병욱은 내가 빌려준 자전거를 타고 주변을 맴돈다.

"꺼져."

주먹으로 을러대도 실실거리며 따라온다. 나는 정육점이 있는 골목에서 멈추어 선다. 시멘트벽에 다가가, 붙어 있는 포스터를 조심스럽게 살핀다. 상한 데 없이 멀쩡하다. 주변을 둘러보고는 잽싸게 손톱 끝으로 네 귀퉁이를 살살 긁어낸다. 정성스럽게 떼어낸 포스터를 돌돌 말아 옆구리에 낀다. 걸음을 빨리하며 콧노래를 흥얼거린다.

'주만지 스페셜 앨범 발매'라고 쓰인 포스터는 거리 곳곳에서 눈에 띈다. 나는 보이는 대로 포스터를 뜯어 챙긴다. 흘끔거리는 사람은 있었지만, 막는 사람은 없었다.

"연이야, 그때 교정기 낀 애 누군지 안 물어봐?"

병욱이 핸들을 쥔 채 어깨춤으로 안경을 추켜올리며 말한다.

"걔 우리 옆집 사는 앤데, 나 좋다고 막 쫓아다닌다."

나는 자전거 바퀴를 발로 차줄까 하다가 그만둔다.

"근데 넌 걱정할 필요 없어. 난 걔 별로거든."

중얼거린 병욱은 내 표정을 흘끗 살피더니, 부리나케 페달을 밟아 도망친다. 옆구리에 끼고 있던 포스터들을 집어들어, 병욱의 뒤통수를 향해 창처럼 집어던진다. 병욱이 뒤를 살피다가 전봇대에 부딪힌다. 나는 배를 쥐고 웃는다. 바닥에 떨어진 포스터들이 도르르 풀린다. 지나가던 사람의 발에 밟혀 주만지의 얼굴이 괴상하게 일그러진다. 나는 그것을 보고 또 발을 구르며 웃어댄다. 눈부신 볕이 이마 위 상처에 내려앉는다. 그게 간지러워서 나는 더 큰 소리로 웃는다.

15세, 어딜 가서 무얼 보든 그곳에는 주만지가 있었다. 그리고, 아버지가 있었다.

17세

교복 조끼와 치마를 벗는다.

흰 블라우스 아래 바지를 입고 앞치마를 두른다. 요즘 사자 갈기 콘셉트로 기르고 있는 머리카락만 질끈 동여묶으면 아르바이트를 시작할 준비 완료다. 나는 일주일 전부터 커피와 과일주스, 토스트 등을 팔고 있는 커피숍에서 아르바이트를 시작했다. 커피숍의 사장은 삼십대 중반의 여자인데, 가게에는 거의 나오지 않는다. 그래서 나보다 먼저 아르바이트를 시작한 고3 언니가 마치 사장처럼 거들먹거린다. 숱도 없는 눈썹을 쥐꼬리처럼 얇게 다듬고 다녀서, 나는 그 언니를 쥐꼬리라고 부른다.

아르바이트를 시작한 이유는 최신형 휴대폰을 사기 위해서다.

꽁꽁 언 겨울 호수 위에 반사되는 달빛처럼 눈부신 은빛 케이스, 지문을 지워버릴 듯 부드럽게 눌리는 키패드. 게다가 인도의 요가 장인처럼 몸체가 사방으로 젖혀지는, 전자기기답지 않게 매혹적인 유연성이란. 나는 그 휴대폰을 온전하게 소유하고 싶어졌다. 그래서 아버지의 비상금을 뒤지거나 독서실에서 남의 휴대폰을 노리는 등의 방법이 아닌, 아르바이트를 택했다.

커피숍은 꽤 아기자기한 분위기다. 카운터 너머 부엌으로 들어오는 순간 구정물로 미끌미끌한 타일바닥이며, 금방이라도 이끼와 버섯 들이 돋아날 듯 음습하고 지저분한 싱크대의 풍경이 펼쳐져 있긴 하지만 말이다. 선반에 장식된 도자기 인형의 치마 밑에 거미줄이 늘어져 있다는 것, 테이블 가장자리로 이따금씩 바퀴벌레들이 기어다닌다는 등의 사실은 보통 주의 깊은 사람이 아니고는 알기 어렵다.

쥐꼬리는, 내가 아르바이트를 시작한 뒤로 냉장고의 과일들이 이상하게 자꾸 썩어 문드러져 버려지는 것 같다고 말한다. 나는 못 들은 척 설거지를 한다. 쥐꼬리의 관찰력은 뛰어나다. 나는 만들기가 번거로운 과일빙수나 과일주스 주문이 들어오면, '손님, 그건 지금 안 되는데요'라고 말한다. 물론 카운터까지 들리지 않게 작은 목소리로, 조금 안쓰러운 표정을 지은 채 얘기해야 한다.

나와 달리 쥐꼬리는 각종 주문을 거침없이 다 받는다. 주방에 있는 조리기구들은 대부분 낡아빠졌는데, 특히 과일주스를 만드는 데 쓰이는 믹서기는 작동되는 내내 뚜껑을 붙들고 있어야 한다. 뚜껑을 힘주어 누른 채 덩달아 두툼한 턱살을 덜덜 떨고 있는 쥐꼬리를 보고 있노라면 노동의 순수함에 짧은 감탄이 흘러나오곤 한다.

누군가 현관문을 두드린다. 맵게 만든 비빔밥을 먹고 있던 나는 추리닝 허리춤을 끌어올리며 일어선다. 문 밖에 서 있는 사람은 코가 빨갛게 언 소영 엄마다. 아줌마는 대뜸 고개를 들이밀고 집 안을 두리번거리더니 한숨을 내쉰다.

"소영이한테 전화 오면 말해라."

아줌마는 중얼거리듯 말하고는 나를 흘끗 돌아본다. 소영 엄마는 나를 탐탁지 않게 여긴다. 하긴, 언젠가 지하철역에서 더덕을 팔고 있는 할머니에게 덤을 달랍시고 거의 강탈하다시피 더덕을 한 주먹 집어 비닐봉지에 쑤셔넣는 아줌마의 모습을 목격한 이후로 나도 아줌마를 별로 안 좋아하긴 한다. 소영은 요즘 자정이 다 되어서야 집에 들어오곤 한다. 며칠 전에는 슈퍼마리오가 타고 다니는 공룡처럼 희한하게 개조한 오토바이 뒷자리에 매달려 달리는 것을 목격했다. 아줌마는 소영이 친구들을 잘못 만나서 비뚤어진 것이라고 하지만, 사실 원인은 아줌마에게 있다. 소영은 엄마와 있으면 압력밥솥 속에 갇힌 듯 숨이 막힌다고 했다. 캐나다 유학을 보내겠답시고 여기저기 돈 빌릴 궁리를 하는 모습이라든가, 마치 딸내미가 명문 대학교 수석을 예약해놓기라도 한 듯 주변에 허풍을 떨고 다니는 것을 보면 몸에 열이 올라서 살갗이 따끔따끔해질 정도로 화가 솟구친다는 것이다.

그러고 보니 소영과 대화를 나눈 지도 꽤 되었다. 오늘 낮에도 사거리 앞을 지나다가 머리 색깔이 콩나물 대가리처럼 노란 패거리 속에 섞여 지나가는 소영을 보았는데, 나를 흘끗 쳐다보았을 뿐 알은체를 해오지 않았다.

희정 언니는 바닥에 쌓인 머리카락을 대충 쓸어낸다. 나는 언니가 잘라준 앞머리의 가르마를 이리저리 옮겨본다. 딸랑, 미용실 종이 울린다. 독한 스킨 냄새와 함께 양복 차림의 남자가 들어선다. 훤히 벗어져 기름기 흐르는 이마 위로 얼마 남지 않은 머리카락 몇 올이 간신히 달라붙어 있다. 언니가 흘끗 내 눈치를 본다. 나는 눈을 찡긋해 보이고 책가방을 들쳐멘다. 요즘 미용실에 자주 나타나곤 하는 정사장이다. 말이 좋아 사장이지 동네 사람들은 다들 '세탁소 정씨' 혹은 '홀아비 정씨'라고 부른다. 그는 세제 냄새가 가시지 않은 양복을 입고 조심스럽게 미용실 문을 열곤 하는데, 대부분 손님들이 드라이클리닝을 맡긴 것들이라 매번 옷 사이즈가 다르다. 심지어 며칠 전에는 복사뼈가 드러날 만큼 깡똥한 남색 양복바지를 입고 나타났다. 민망해서 내 교복 윗옷이라도 잘라서 덧대어주고 싶은 심정이었다.

오늘은 달이 밝다. 양은대야처럼 찌그러진 달을 보고 있노라면 문득, 한 번도 타본 적 없는 외발자전거가 타고 싶어진다. 두 팔을 벌리고 달의 가장자리를 따라 기우뚱거리며 바퀴를 굴리는 내 모습을 상상한다. 오후 내내 서서 일을 하고 난 뒤 모래를 채워넣은 것처럼 두 다리가 무겁고 졸음이 쏟아져도, 그 모습만 떠올리면 이상하게 기분이 좋아진다.

"이거 먹어."

집 앞에서 기다리고 있던 병욱이 묵직해 보이는 검은 비닐봉지를 내민다. 고기만두다. 녀석은 작년 겨울부터 몸속에 눌러두었던 스프링이 튕겨나오기라도 한 듯 무서운 속도로 키가 자라기 시작했다. 지금은 나보다 머리 하나쯤이 더 크다. 옥탑방의 천장이 낮다고 무시하는 건지, 요새는 우리집에 잘 들어오지도 않는다. 둘이 앉아 있으면 괜히 혼자 얼굴이 벌겋게 달아오른 채로 두

드러기 돈은 환자처럼 몸을 벅벅 긁어대다가 생수 한 통을 찔끔 찔끔 다 마시고 도망치듯 돌아가버리곤 한다. 오늘도 만두만 전해주고는 후닥닥 계단을 내려간다. 이내 철제 계단에서 콰당탕 탕, 소리가 들려온다. 내려다보니 병욱이 미끄러져 자빠져 있다. 녀석은 헤벌쭉 웃으며 괜찮다고 손을 흔들어 보인다. 쟤는 언제쯤 철이 들려나.

만두 한 개를 입 안에 밀어넣는다. 입 안이 꽉 찰 정도로 뚱뚱한 만두를 먹으면 그것이 목구멍으로 다 넘어가기도 전에 벌써 속이 든든해져오는 것 같다. 산 지 오래된 모양인지 만두피가 차갑다.

쥐꼬리는 내가 커피 만드는 모습을 못마땅하게 지켜본다. 마리 앙투아네트의 드레스 단처럼 우아하게 쌓여야 할 생크림이 배탈난 강아지 똥처럼 뭉개졌다며 내 손등을 찰싹 때린다. 쥐꼬리는 생크림 튜브를 낚아채어 열심히 흔들어 섞으며 혀를 찬다.

"너도 공부하기는 틀려먹은 거 같은데 일찌감치 기술이라도 배워라. 이런 거 하나 못하면서 뭐 하나 제대로 할 수 있을는지 모르겠다만."

나는 쥐꼬리의 뒤통수에 대고 주먹감자를 날린다. 잠시 후면

사장이 점검하러 들를 시간이다. 화장실에서 대걸레를 질질 끌고 나와 조리실 바닥을 문지른다. 닦아놓은 자리마다 쥐꼬리가 지저분한 구두로 밟고 지나가 발자국을 만들어놓는다. 쥐꼬리는 내 반응을 살피려는 듯 턱의 농익은 여드름들을 만지작거리며 이따금씩 나를 흘끔거린다.

사장은 미간을 찡그린다. 나는 흠잡힐 곳이 있나 싶어 주변을 둘러보지만, 딱히 눈에 들어오는 것은 없다. 사장은 손가락으로 내 입을 가리킨다. 내가 입술을 만지작거리며 얼떨떨한 표정을 짓자 턱짓으로 벽거울을 가리킨다. 앞니에 고춧가루가 끼어 있다. 표면이 맨들맨들하고 큼직한 왕거니다. 쥐꼬리는 사장의 훌륭한 사냥견 도베르만이라도 되는 듯 충성심이 가득한 표정으로 곁에 붙어 서서, 나를 향해 고개를 설레설레 젓는다.

카운터와 조리실 위쪽에는 무인카메라가 달려 있다. 나는 카메라가 닿지 않는 범위의 동선을 파악해서, 이따금씩 그것을 약 올리듯 앞치마 한 귀퉁이만 보여주거나 발뒤꿈치만 슬쩍 비춰주는 등 장난을 치곤 한다.

쥐꼬리는 조리실 구석 의자에 앉아 도시락 뚜껑을 연다. 식어서 한데 뭉쳐진 김치볶음밥을 부지런히 퍼먹는다. 앞치마에 떨어진 밥풀을 주워 입에 넣다가 유리문 열리는 소리가 나자 겁 많은 초식동물처럼 후닥닥 자리에서 일어선다. 모자를 쓰고 목장갑을 낀 아줌마가 찜닭 가게 전단지를 카운터에 휙 던져놓고 나간다. 쥐꼬리는 전단지 속 푸짐한 찜닭 사진을 유심히 들여다보며 다시 밥을 먹는다. 나는 찻잔을 늘어놓은 선반에 비스듬히 기대어 서서 토스트로 허기를 때운다.

"나 내일 쉬는 거 알지? 예전에 일하던 애가 대신 와서 할 거야."

손님들이 빠져나간 뒤, 마감 정리를 하던 쥐꼬리가 말한다. 나는 누군가 테이블 모서리에 흰 굼벵이처럼 둘둘 말아서 붙여놓은 껌을 잡아뗀다. 쥐꼬리는 영화 제작사에 오디션을 보러 간단다. 영화배우가 되기 위해 이미 서른 번도 넘게 오디션을 봐왔다고 한다. 쥐꼬리가 충무로에 등장하길 기대하고 있느니, 종이새가 알을 낳기를 기다리는 편이 빠르겠다.

쩌억. 뼈 갈라지는 소리가 울린다. 노란색 고무 앞치마를 두른 병욱이 두툼한 칼로 고깃덩어리를 썰어낸다. 녀석은 제 엄마가 들어가 있는 냉동고 쪽을 살피다가 재빨리 고기를 비닐봉지 안에 쓸어담는다. 병욱이 비닐봉지를 내민다. 주머니에 손을 찔러넣은 채 기우뚱하게 서 있던 나는 고기를 받아들고 시장통을 나온다.

병욱은 학교를 마치면 곧장 가게로 가서 일을 돕는다. 언젠가 자신이 이곳을 물려받으면 대한민국 최고의 보신탕 가게로 키울 거라고 한다. 전에도 몇 번 공짜로 고기를 주다가 제 엄마한테 들켜서 머리를 쥐어박혔는데, 틈만 나면 또 고기를 주려고 한다. 좋은 녀석. 훗날에라도 내게 준 본전 생각은 하지 말아야 할 텐데.

아버지는 뜨거운 보신탕 국물을 후루룩 들이마시고는 짧게 몸서리를 친다. 나는 전자레인지 위에 놓인 고양이 모양 저금통에 동전을 넣는다. 딸그랑, 동전이 떨어질 때마다 '부자 되세요'라는 조잡한 전자음이 흘러나온다. 고양이 모형은 특히 인기가 많아 잘 나가는 제품인데 나를 생각해서 특별히 한 개 챙겨왔다며, 아버지가 인심 쓰듯 건넨 것이었다. 아버지의 가방 속에는 고양이뿐 아니라 사슴, 너구리, 고슴도치 등 여러 종류의 중국제 저금통이 들어 있다.

남은 계란찜에 밥을 비벼 개밥을 만들어 들고 나온다. 밤하늘을 올려다보며 명상에 잠겨 있던 개는 느릿느릿 일어나 밥그릇 쪽으로 다가온다. 아버지 말로는 개가 사람으로 치면 중년은 되었을 거라고 했다. 개는 요즘 갱년기를 겪고 있는 모양인지, 감정의 기복이 심하다. 방학을 맞이한 초등학생처럼 신이 나서 옥상에서 펄쩍펄쩍 뛰는가 하면 갑자기 축 처져서 젖은 빨래처럼 널브러져 있곤 한다. 쭈그리고 앉아 개가 밥 먹는 모습을 지켜보고 있는데, 요란한 소리를 내며 대문 닫히는 소리가 들린다. 소영이다. 이윽고 그애가 집 안으로 들어가기 무섭게 소영 엄마의 고함소리가 터져나온다. 소영이 악쓰는 소리와 함께 무언가 와장창 깨지는 소리가 들려온다. 개는 세상사가 다 그런 거라는 듯 무심한 표정으로 밥 먹는 데에 열중한다.

나는 엄마가 없으니 엄마와 싸울 일도 없다. 예전에는 소영이 엄마와 팽팽한 신경전을 벌이는 게 부럽기도 하고 그 느낌이 궁금하기도 했지만, 요즘은 별 생각이 없다. 원하지만 결코 갖지 못할 것에 대한 미련을 빨리 버릴 수 있는 좋은 방법은, 지금 내게 그것이 없고 앞으로도 또한 없을 것임을 편히 인정하는 것이다. 허상에 대한 기대와 집착은 서글픈 욕망에 헛바람만 불어넣을 뿐이니까.

"여기, 뜨거운 녹차 두 잔."

희정 언니가 웃으며 주문한다. 정사장은 소파 끝에 엉덩이를 걸치고 엉거주춤한 자세로 앉아 머쓱하게 따라 웃는다. 정사장은 꼬질꼬질한 간판을 달고 있는 동네 다방에나 어울릴 법한 촌스러운 물방울무늬 넥타이를 맸다. 그는 휴지를 뽑아 이마와 콧잔등에 맺힌 땀을 찍어낸다. 희정 언니는 각설탕 껍질을 반으로 접어, 정사장의 엄지손톱에 낀 까만 때를 빼준다. 정사장은 얼굴과 목덜미가 붉어진 채 몸 둘 바를 모르고 쩔쩔맨다. 언니는 그런 정사장의 반응을 즐기는 듯하다.

나는 차와 함께 곁들여내는 커피맛 과자를 보통때보다 수북이 쌓아 내놓는다. 구석진 테이블에 앉아 잡지를 보고 있던 사장이 흘끔 이쪽을 쳐다본다. 조리실로 돌아오자마자 사장은 기다렸다는 듯 뒤쫓아 들어온다. 쥐꼬리가 타이밍을 놓칠세라 혀를 끌끌 차며 입을 연다.

"넌 내가 안 보는 고사이에 과자를 그렇게 빼내갔냐? 과자가 지네 집 마룻바닥에 굴러다니는 뻥튀긴 줄 아나."

사장은 나를 지그시 쳐다보며, 내가 아직 어려서 쥐꼬리에게 여러모로 배울 점이 많은 것 같다고 말한다. 한마디 하고도 덜 풀렸는지 나를 한참 동안 빤히 쳐다보다가 다시 테이블로 돌아간다. 고등학생이라고 시급 삼천백원밖에 안 주면서 사장 행세는 더럽게 한다. 나는 앞치마를 풀어 투포환 던지듯 휘날려버린 뒤 가게를 박차고 나가고픈 충동을 참는다. 대신 솔기가 뜯어진 행주를 박박 빨아 싱크대 위에 얌전히 널어놓는다. 말이 안 통하는 좀팽이들하고 싸움을 벌여봤자 피곤해지는 것은 나뿐이다. 눅눅

해진 커피찌꺼기를 쓰레기통에 쏟아버리며, 감정을 지능적으로 해소할 수 있을 만한 방법을 궁리하기로 한다.

소영은 교무실 앞 복도에 패거리들과 함께 서 있다. 벌을 받는 모양인 듯한데, 교복 치마 주머니에 손을 찔러넣은 채 삐딱한 자세다. 내가 알은체를 하자 귀찮다는 듯 시선을 돌린다. 소영의 눈썹은 쥐꼬리보다도 얇게 밀어 새끼손가락 반토막만한 길이밖에 남지 않았다. 눈썹 깎은 자리가 수염 자국처럼 파란 것이, 꼬마 도깨비 같다.

"쟤는 무슨, 보자기를 허리에 두르고 다니나, 치마가 왜 저래?"

소영의 옆에 서 있던 여자애가 나를 가리키며 말한다. 나는 걸음을 빨리하여 얼른 교무실 앞을 지난다. 입학할 때 블라우스만 새것으로 사고 조끼와 겉옷, 치마는 '후배 물려주기 사랑터'에서 지급받았다. 치수가 좀 커서 모양새가 안 나긴 해도 사랑터에 있던 선생님 말에 의하면 전교 2, 3등을 다투던 선배의 옷이라고 했다. 말하자면, 상징적 희소성이 있는 거다.

교실에는 두 부류의 사람이 있다. 수학을 포기한 사람과 포기하지 않은 사람. 나는 수학시간이 좋다. 칠판에 적히는 공식들을 보고 있노라면, 현실에 대한 일말의 미련 없이 가뿐하게 공상의 세계로 뛰어들 수 있기 때문이다. 수학교사는 자고 있는 아이들을 깨우거나 굳이 이름을 호명하여 문제를 풀도록 시키지 않는다. 유난히 크고 툭 튀어나와서 외계인처럼 보이는 눈을 부릅뜬 채, 수학을 포기하지 않은 몇몇 아이들하고만 알아들을 수 없는 교신을 나눌 뿐이다.

나는 손을 들어 허락을 받고 일어나 화장실에 간다. 수업중의 화장실은 고요하다. 나는 거울을 보며 춤을 춰보기도 하고 모델 워킹을 해보기도 한다. 가끔은 대걸레를 붙잡고 로커 흉내를 낼 때도 있다.

변기 위에 앉은 채로 화장실 벽에 남겨진 낙서들을 둘러보는데, 밖에서 인기척이 느껴진다. 낯익은 목소리들이다. 카악 퉤, 침을 뱉는 소리도 들려온다.

"소영이 그 재수탱이는 왜 그냥 올려보냈대? 하여튼 사람 차별하기는."

세면기에 수돗물 쏟아지는 소리가 들린다. 이어, 함께 벌받던 소영을 수업시간에 맞춰 먼저 교실로 올려보낸 학생주임이며, 보낸다고 치사하게 혼자 가버린 소영에 대한 욕설이 이어진다. 누군가는 소영이 신고 다니는 짱구 그림의 발목양말을 비웃는다. 혼자 튀려고 안간힘을 쓰는데, 노는 척하고 싶어서 안달난 꼴이

찌질하다는 것이다. 낄낄거리는 웃음이 화장실의 낮은 천장을 울린다. 부웅, 핸드 드라이어 작동되는 소리가 들린다.

"야야, 그래도 우리 담배 심부름 같은 건 걔가 다 하잖아. 돈도 많이 갖고 다니고. 나도 어제 걔한테 이만원 빌려서 석환이랑 곱창 사 먹었어. 그냥 적당히 데리고 놀면서 돈 쓰게 두자."

아이들이 맞장구를 친다. 그애들은 화장실에서 냄새가 난다느니 거울이 더럽다느니 불평을 내뱉으며 화장실을 빠져나간다.

'직장인 대출, 장기 알선매매'. 도대체 누가 이런 스티커를 여고 화장실 벽에 붙여놓은 것일까. 나는 손톱 끝으로 스티커를 긁어 떼어낸다. 아이들의 목소리가 멀어지고 한참 뒤에야, 계속 앉아 있어서 뻐근해진 엉덩이를 들어올린다.

쥐꼬리는 싱크대 모서리에 엎드려 있다. 젖은 행주에 닿은 팔꿈치 부분에 물 얼룩이 번지며 젖어간다. 나는 행주를 치워줄까 하다가 그만둔다. 주말의 오후는 한창 손님이 몰리는 때다. 내가 주문 목록을 쌓아놓고 일부러 요란스럽게 커피를 만들고 있자, 쥐꼬리는 고통스러운 듯 아랫입술을 깨물며 일어난다. 아랫배를 쥔 채 잠시 허리를 구부리고 있다가, 허브차를 만들기 시작한다. 나는 토스트에 넣을 계란을 익히다가 손등을 데었다.

딸랑, 유리문에 달린 종이 울린다. 하필 가장 바쁜 때에 사장이 등장한다. 그녀는 가게 안을 휘둘러본다. 쥐꼬리는 토스트와 코코아 석 잔을 쟁반에 받쳐들고 서빙을 한다. 손님들 몇이 비명소리 비슷한 것을 내지른다. 홀 쪽을 흘끔거리던 나는 쥐꼬리의 바지에 시선이 간다. 엉덩이 부분이 붉은빛으로 질펀하게 젖어 있다. 손님 중 한 명이 바지를 가리키자, 엉덩이 쪽을 더듬어본 쥐꼬리의 얼굴이 창백해진다. 사장은 도망치듯 조리실 안으로 뛰어드는 쥐꼬리를 말없이 노려본다.

"조퇴할게요."

쥐꼬리가 힘없이 말한다. 사장은 날카로운 눈빛으로, 한창 시간대에 혼자 빠져나가면 저 둔한 애 혼자 어떻게 일을 맡아보냐고 소리친다. 저 둔한 애란 즉, 낡아서 골골거리는 커피머신이나 빙수기를 가리키는 거겠지. 쥐꼬리는 난감한 표정으로 고개를 숙이고 서서 손을 만지작거린다. 사장은 바지부터 가리라고 윽박지른다. 쥐꼬리가 마지못해 설거지를 시작한다. 나는 가방 속에서 녹색 체육복 바지를 꺼내 쥐꼬리에게 건넨다. 쥐꼬리는 얼굴이 시뻘겋게 달아오른 채로 패드와 체육복 바지를 챙겨들고 화장실로 간다. 나는 쥐꼬리가 앉아 있던 플라스틱 의자에 나비 날개처럼 말라붙어 있는 핏자국을 발견한다. 내 시선을 좇아 의자를 본

사장이 혀를 차며 화장실 쪽을 흘긴다.

"기집애가 칠칠치 못하기는. 니들은 뭐 하나 마음에 들게 하는 게 없어."

내 체육복은 쥐꼬리에게 작다. 엉덩이 골이 꽉 끼어 속옷이 그대로 드러나 보이고, 바짓단도 복사뼈에 채 못 미친다. 쥐꼬리는 내가 준 체육복 윗도리를 허리에 둘러묶어 엉덩이를 가린다. 커피숍 아르바이트생이라기보다는 국밥집 아줌마에게 더 잘 어울리는 차림이다. 누군가 자근자근 밟아 부어오른 듯 눈초리가 빨개진 쥐꼬리는 진통제 한 알을 삼키더니, 다시 바쁘게 차를 만든다.

쥐꼬리와 나는 사거리에 다다른다. 지나가던 사람들이 교복 윗도리에 체육복 바지를 입은 쥐꼬리를 흘끔거린다. 쥐꼬리는 영화배우 될 사람이 벌써부터 얼굴 팔리면 안 된다며 고개를 숙이고 걷는다. 쥐꼬리의 가느다란 눈썹 밑으로 미처 다듬지 못한 짧은 눈썹 털들이 마치 수육에 박혀 있는 돼지털처럼 숭숭 자라 있다.

집이 반대방향인 쥐꼬리가 먼저 횡단보도를 건넌다. 나는 어기적거리며 걷는 쥐꼬리의 뒷모습을 바라보다가 뒤쫓아 달려가 어깨를 툭 친다. 쥐꼬리가 무슨 일이냐는 듯 돌아본다.

"같이 가. 내 체육복 돌려줘야지."

좁은 집 안에서는 삭힌 홍어회처럼 시큼한 냄새가 난다. 할머니가 나를 빤히 쳐다본다. 나는 어색하게 웃으며 쥐꼬리를 흘끗 돌아본다. 쥐꼬리는 아랑곳하지 않고 바지를 갈아입는다.

"우리 어매여?"

할머니가 내 얼굴을 향해 더듬더듬 손을 내뻗으며 묻는다. 나는 움칠거리며 벽 쪽으로 물러난다. 묵직한 요강이 발끝에 걸려 짧게 출렁, 한다. 군데군데 부레옥잠처럼 부풀어오른 벽지 위로 길쭉한 돈벌레 한 마리가 순식간에 지나간다.

아버지는 팔다리를 뻗은 채 누워 있다. 어깨와 등짝에는 호박잎 같은 파스가 다닥다닥 붙어 있다. 몇 장만 더 붙이면 미라가 될 수도 있겠다. 아버지는 오늘 낮에 길거리 노점 자리다툼을 하다가 골병이 났다고 한다. 동물 저금통 몇 개는 귀와 뿔이 휘어지거나 부러졌다. 동전도 넣지 않았는데 갑자기 '부자 되세요'를 읊어대기도 한다.

근육통 약을 사들고 약국을 나선다. 희정 언니의 미용실 앞을 지난다. 미용실은 이틀째 닫혀 있다. 언니는 전화도 받지 않는다. 나는 집으로 가려던 발걸음을 돌려 언니네 골목으로 향한다.

언니는 이불을 덮고 누워 있다. 봉긋하게 솟은 이마 위로 감지 않아서 뭉친 머리카락이 흘러내려와 있다. 현관문을 열면 늘 꼬마 유령 캐스퍼처럼 둥둥 떠다니며 나를 반겨주던 담배 냄새가 오늘 따라 나지 않는다. 언니는 자리에서 일어나 주섬주섬 옷을 챙겨입고, 모자를 눌러쓴다. 아침부터 계속 굶어서 배가 고프단다.

순댓국 두 그릇을 주문한다. 희정 언니는 새우젓으로 간을 맞춘 순댓국을 허겁지겁 퍼먹기 시작한다. 언니는 순식간에 뚝배기를 바닥내고, 추가로 주문한 파전까지 깨끗이 먹어치운다. 하얗고 둥글게 드러난 빈 그릇이 기름기로 반질거린다. 박하사탕을 오드득 씹던 언니가 한참 만에 입을 연다.

"나 임신했어."

화한 박하 냄새가 풍긴다. 달의 표면에서 냄새가 난다면, 아마도 이런 알싸한 향이 아닐까.

외발자전거를 타고 달의 가장자리를 맴돌다가 지루해질 때면, 우주를 헤엄쳐가는 은빛 물고기떼를 바라본다. 살빛이 맑아서 비늘 너머로 어렴풋이 뼈가 비치는 물고기떼. '뭐, 다 그런 거지.' 나는 외발자전거를 멈추고, 눈부신 물고기떼가 전부 지나가기를 기다리며 혼자 중얼거린다.

지하철이 덜컹거린다. 나는 부스스 눈을 뜬다. 앞쪽에서 손잡이를 잡고 서 있던 사람과 눈이 마주친다. 그는 측은하다는 표정으로 나를 바라본다. 나는 문득, 입 가장자리로 맑은 침이 흐르고 있다는 사실을 깨닫는다. 게다가 병욱의 어깨에 기대어, 허공을 향해 턱을 쳐든 채로 반쯤 입을 벌리고 있다.

"여기가 맞아?"

병욱이 묻는다. 나는 메모지에 적힌 주소와, 대문 옆에 새겨진 번지수를 맞춰본다. 병욱이 깨금발을 하여 담 안쪽을 들여다본다.

집에서 나온 사람은 열네댓 살쯤 되어 보이는 여자애다. 단발머리 아래로 도톰한 귓불을 드러낸 여자애는 날카로운 눈빛으로 병욱과 나를 훑어본다. 도드라진 광대뼈에 매부리코, 윗입술 옆에 돋은 좁쌀만한 점이 심술맞아 보인다. 나는 집 안쪽을 들여다본다. 반지하의 습한 현관에는 고무 슬리퍼 한 켤레가 뒹군다. 여자애가 내 시선을 잘라내듯 현관문을 닫고 밖으로 나온다.

"아줌마 어디 있는지 알죠?"

여자애가 다짜고짜 묻는다. 나는 목덜미에 쌀벌레가 기어가는 듯한 간지러움을 느낀다.

"우리 아빠 폐인 됐어요. 창환이는 안 보내도 되니까, 통장은 돌려달라고 해요."

힘주어 눈을 치켜뜬 여자애의 흰자위가 금세 불그죽죽해진다.

어제저녁, 세수를 하고 나오는데 전화벨이 울렸다. 수화기 너머로 낯선 여자애의 목소리가 엄마 이름 석 자를 댔다. 비누 향기 섞인 물방울이 머리카락 끝에 맺혀 있다가 발등으로 또옥, 떨어졌다. 나는 밤새 뒤척였다. 차가워진 두 손을 이불 속에 깊숙이 파묻기도 하고 엉덩이 밑에 힘주어 깔아보기도 했지만 좀처럼 따뜻해지지 않았다.

엄마는 창환이라는 네 살짜리 아들을 데리고 돈을 챙겨 사라졌단다. 나는 더듬더듬, 우리집 전화번호를 어떻게 알았느냐고 묻는다. 여자애는 오래전에 전남편이라며 전화를 걸어왔던 사람의 발신번호를 몰래 적어두었다고 한다. 전남편이란 사람은 엄마를 몇 차례 찾아오기도 했었단다. 나는 한숨을 내쉰다. 한때 아버지는 엄마의 행방을 찾아 태엽이 풀어진 인형처럼 헤맨 적이 있었다. 아버지는 엄마를 찾아갈 때도 사계절 내내 주야장천 신어 밑창이 다 닳은 낡아빠진 구두를 신고 있었겠지.

여자애는 금방이라도 덤벼들어 빗장뼈를 물어뜯을 듯한 기세로 사납게 나를 노려본다. 병욱은 여자애와 나를 번갈아 보다가 돌아서서 멀쩡한 운동화 끈을 고쳐묶는다.

병욱과 내가 골목을 빠져나갈 때까지 여자애는 대문을 붙들고

서 있다. 나는 모퉁이를 돌며 흘끗, 뒤를 본다.

아버지로부터 도망치던 날 밤 절박했던 엄마의 달음박질은, 지금 생각하면 남몰래 길가에서 똥을 누다가 동네 똥개에게 엉덩이를 물리고 도망치는 사람의 뒷모습처럼 우스꽝스러웠다. 엉덩이를 쑥 내밀고 두 팔을 허우적거리며 달리던 꼴이란. 나는 피식, 웃는다. 어린 사내애를 옆구리에 끼고 골목을 내달리던 엄마의 달음박질은 얼마나 더 가관이었을까.

지하철역 앞에 다다랐을 때 병욱이 어디론가 뛰어간다. 잠시 후 돌아온 녀석의 손에는 호두과자가 담긴 종이봉투가 들려 있다. 나는 뜨거운 호두과자를 한 개 집어 공놀이하듯 이 손 저 손에 바꿔 쥐며 천천히 플랫폼으로 향한다.

커피숍에서 잘렸다. 나는 일이 너무 서툴러서 가게에 손해고, 쥐꼬리는 아무래도 가게 이미지와 잘 어울리지 않는다는 것이 이유였다. 사장은 근처 대학교의 여대생들로 아르바이트생을 교체했다. 나는 오늘 잘렸고, 쥐꼬리는 이번주까지 새 아르바이트생들에게 가게 일을 가르친 뒤에 그만두라고 했다. 월급은 이번 달 말에 통장으로 부쳐준단다.

"앞으로 일할 시간 있으면 공부나 해. 학생이 돈 벌어서 뭐 제대로 쓸 데가 있다고."

사장은 '다 널 생각해서 그러는 거다'라는 투로 나무라듯 말한다. 사전 통보도 없이 하루아침에 실직자가 되어버리다니. 요즘 한창 텔레비전에서 떠들어대는 비정규직인가 뭔가 하는 자리의 비애를 알 것 같다.

커피숍 밖으로 나온 나는 모조 화분을 향해 퉤, 침을 뱉는다. 배알도 없이 사장이 시키는 대로 고분고분 남아 있는 쥐꼬리를 보자, 저런 찌질이와 더 오래 함께 일하지 않은 게 다행이라는 생각이 든다. 사람은 자고로 화를 낼 줄 아는 동물이어야 한다. 마냥 네네, 하며 굽실거리고 있으면 지갑 뺏어가고 외투 벗겨가고 나중에는 배꼽까지 떼어가는 게 세상 아니던가.

삼겹살이 지글지글 익는다. 아버지는 고깃점을 두 장씩 넣어 만든 상추쌈을 입 안에 밀어넣는다. 나는 옥상 위로 불어오는 차가운 밤바람에 어깨를 움츠린 채 고기를 굽는다. 밤하늘 위로 묵직한 연기가 첨벙첨벙 물장구치며 퍼져나간다. 주인집 할머니에게서 빌려온 가스버너는 십 분에 한 번씩 텅, 소리를 내며 불이 꺼진다. 부엌에서 고기를 굽고 싶지만 집 안은 환기가 잘 안 된다. 예전에 집에서 고기를 구워 먹은 뒤 밤새 돼지의 뱃살에 파묻힌 듯 기름 냄새에 시달린 적이 있었다.

아래층에서 뽕짝음악 소리가 들려온다. 일층 아줌마가 또 춤 연습을 하는 모양이다. 아줌마는 근처 아파트의 지하 댄스교실에서 춤을 배우기 시작한 이후로, 아주 낙천적인 사람이 되었다. 전처럼 불행의 납덩어리를 폭염탄처럼 터뜨리며 신세한탄을 하지도 않고, 남편 목덜미를 무 뽑듯 낚아채려 동네 다방을 향해 달려가지도 않는다. 다만 쿵짝쿵짝 네 박자에 맞춰, 그 큼직한 엉덩이를 둥실둥실 흔들어댈 뿐이다. 가끔 주인집 할머니가 '얼씨구 여편네 꼴깝한다' 하며 그 곁에 붙어 버선발로 더듬더듬 스텝을 밟기도 한다. 할머니 말로는 중풍 예방 차원의 운동이란다.

"야, 나 좀 보자."

프라이팬 위의 기름을 걷어내려는 찰나, 익숙한 목소리가 들려온다. 누워 있던 개가 슬그머니 일어나더니 설렁설렁 꼬리를 흔든다. 나는 계단 쪽에 서 있는 소영을 돌아본다.

"돈 좀 빌려줘."

소영이 목구멍에서 카악, 가래를 끌어올리며 말한다. 나는 망설이다가 집에 들어가 오천원을 꺼내들고 나온다. 소영은 이게 전부냐는 듯 인상을 찡그리며 지폐를 채어간다. 계단 난간 아래를 흘끗 내려다보니, 오토바이를 탄 남자애가 백미러를 들여다보며 머리모양을 손질하고 있다. 노란 염색머리가 가로등 불빛에 비쳐 마치 하얀 연탄재처럼 보인다.

정사장은 얼굴이 노랗게 떴다. 나는 정사장이 공짜로 줄여준 교복 재킷을 입고 거울을 들여다본다. 손가락을 잡아먹을 듯 길게 내려왔던 소매가 손목뼈를 살짝 덮을 정도로 적당해졌다. 내 곁에 초조하게 서 있던 정사장이 이내 결심한 듯 입을 연다. 희정 언니에게 무슨 일이 있느냐는 것이다. 가게로 찾아가도 잡상인 보듯 외면하고, 대화를 시도해봐도 마냥 심각한 표정만 짓고 있단다. 늘 가지런히 빗질하여 벗겨진 이마 위에 착 붙이고 다니던 정사장의 머리카락이 눈썹 위까지 흘러내려와 있다. 흠, 꼭 더듬이 같군, 속으로 중얼거리며 잘 모르겠다고 고개를 젓는다. 정사장은 실망한 듯 고개를 떨어뜨린다. 그는 선반 위에 놓인 것을 집어든다. 희정 언니에게 전해달라며 그가 내게 내민 것은 꽃무늬 편지봉투다. 얼마나 주물럭거렸는지 겉에 검댕 같은 손자국이 얼룩져 있다. 그 까만 자국을 보자, 언니가 보여줬던 초음파사진이 떠오른다. 굴처럼 검은 공간 안에 새끼손가락 지문을 찍어놓은 듯 무언가 희끄무레한 게 붙어 있던 사진.

아무튼 정사장은 구애 방법도 어지간히 촌스럽다. 희정 언니의 마음을 들여다보려면 적어도 오픈카에 풍선을 달고 사랑의 맹세를 새겨넣은 현수막 정도는 펄럭이며 달려가는 성의를 보여야 하는 것 아닌가.

희정 언니는 편지봉투를 받아 주머니에 넣는다. 한때 종종 하찮은 남자들을 향해 날리곤 하던 비웃음을 보이지도 않고, 전처럼 나더러 같이 읽어보자는 말도 하지 않는다.

"아아야, 중화제가 눈에 튀었잖아요!"

젊은 새댁이 새된 소리로 비명을 지른다. 고무장갑을 끼고 중화제 튜브를 잡고 있던 언니는 금세 얼굴이 달아오르며 휴지를 찾아 허둥거린다. 나는 언니의 주머니에서 비죽 튀어나와 있는 편지봉투를 흘끗 쳐다보고는 미용실을 나선다.

나와 병욱은 잠복근무하는 형사처럼 커피숍 구석자리에 앉아 있다. 미지근한 녹차는 녹차 이파리가 잠깐 반신욕을 하다가 나간 물처럼 싱겁다. 사장은 아직 나타나지 않았다. 나는 오늘 얄미운 사장에게 복수를 하기 위해 다시 적지로 찾아들었다. 내일 일을 그만두기로 되어 있다는 쥐꼬리의 머리 꼬랑지가 조리실 밖으로 얼핏 보인다.

"연이야, 자연스럽게 보이려면 우리가 커플인 척하는 게 좋지 않을까?"

빨대를 물고 있던 병욱이 진지한 표정을 지으며 말한다. 녀석은 '예를 들어 이렇게 말이야'라는 듯 맞은편 자리에서 일어나 내 옆자리로 와 앉는다. 병욱의 옷깃에서 방향제처럼 독한 스킨 냄새가 훅 끼친다. 이 냄새 어쩐지 낯익은데, 하고 생각하다보니 우리 학교 지리교사가 떠오른다. 오십대 중반인 지리교사가 같은 냄새의 스킨을 썼더랬지.

쥐꼬리는 물걸레를 꾹 짜서 화장실 거울을 닦는다. 그녀는 별것 아닌 일에 발끈하는 걸 보면 내가 아직 어리다고 한다. 언젠가 여드름이 심해 미관상 좋지 않다는 이유로 스파게티 가게에서 잘린 일이나, 뛸 때마다 가슴이 너무 출렁거린다고 주유소 사장의 마누라가 경계의 눈빛을 띠며 해고를 한 것에 비하면 이번 건은 무난한 편에 속한단다.

느지막이 가게에 나온 사장은 나를 빤히 쳐다본다. 그녀는 이어 우아한 손길로 외투를 벗어 한쪽 팔에 걸고는 조리실로 들어간다.

병욱 말마따나 내 계획은 좀 유치하다. 방금 주문한 토스트가 서빙되면 햄과 치즈 사이에 긴 머리카락을 한 개 넣고, 사장을 불러 손님들의 이목이 집중될 만큼 화를 낸다. 물론 만약의 사태에 대비해 머리카락은 내 것 대신, 근처 소파에 붙어 있는 것을 한 개 주워두었다. 이어 사장 몰래 지저분한 조리실 풍경을 사진에 담아 인터넷 카페 후기 사이트에 올려놓는 것이다.

그러나 잠시 후, 내 계획은 수포로 돌아갔다. 토스트는 테이블로 서빙되기도 전에 바닥에 떨어져 햄과 계란을 토해낸 채로 나뒹굴었다. 그릇이 산산조각나며 깨지는 소리에 사람들은 일제히 조리실 쪽을 돌아본다.

"어머머, 너 미쳤어? 내가 틀린 말 했니?"

사장이 앙칼지게 소리친다. 와당탕, 하는 소리가 들려오기 무섭게 쥐꼬리와 사장이 한데 엉켜 조리실에서 굴러나온다. 쥐꼬리와 사장은 서로의 머리채를 휘어잡은 채 홀의 타일바닥 위에서 뒹군다. 사장은 놀이기구에 머리카락이 끼인 사람처럼 사색이 되어 버둥거리는 반면 쥐꼬리는 씩씩거리며 사장의 머리채를 휘두른다. 쥐꼬리는 일등항해사처럼 위풍당당하게 사장의 배를 깔고 앉아, 그녀의 얼굴을 밀가루반죽 늘이듯이 꼬집어댄다. 손님들과 함께 멀찍이 떨어져 서서 구경을 하던 새로 온 아르바이트생은 제3라운드가 끝나갈 때쯤 다소 아쉬운 표정을 지으며 둘을 떼어놓는다.

"넌 이제 우리 남편한테 죽었어. 폭행죄로 고소할 거야!"

머리칼이 흐트러진 채 울부짖는 사장은 마치 도망가는 먹잇감을 향해 포효하는 오스트랄로피테쿠스 같다. 쥐꼬리는 옷을 갈아

입고 자기 짐을 챙긴다. 그러고는 '나도 이 가게의 지저분한 조리실을 위생신고하고, 최저임금 규정을 지키지 않은 것과 주류판매(주문하는 사람이 없긴 하지만, 커피숍 메뉴판에는 세 종류의 칵테일이 적혀 있다)를 하는 업소에 고등학생을 고용했다는 것 등을 깡그리 신고해주겠다!'고 외치고는 유유히 커피숍을 빠져나간다.

얼빠진 표정으로 앉아 있던 나는 쥐꼬리를 뒤쫓아 나간다. 무슨 일이 있었느냐고 묻자, 쥐꼬리는 귀찮다는 듯 콧물을 스윽 문질러 닦는다. 나는 사장이 폭행신고라도 하면 어떡하느냐고 중얼거린다. 그녀는 걸음을 멈춘다. 그러고는 편의점의 입간판 앞에서서 비장한 표정으로 나를 돌아보며 말한다.

"내일은, 내일의 태양이 떠오른다."

나는 문득, 쥐꼬리가 어쩌면 그럴싸한 영화배우가 될 수도 있겠다는 생각이 든다.

시장 입구의 낡은 건물로 들어선다. 나무로 만들어진 난간 손잡이가 잔뜩 썩어서 곧 빠질 이처럼 찌걱찌걱 흔들린다. 이층 당구장 문을 열고 안을 들여다보니, 아니나 다를까 아버지가 구석진 자리에 앉아 자장면을 먹고 있다. 종일 죽치고 앉아 남의 게임에 일일이 간섭해대는 넉살이 당구장 사장감이다. 나는 수초를 헤집고 나아가는 한 마리 가재처럼 담배연기를 뚫고 아버지에게 다가간다. 내가 장 볼 돈 달라는 말을 꺼낼세라, 아버지는 선수치듯 입을 연다.

"저기, 니 친구."

고개를 돌려보니 이파리가 누렇게 뜬 화분 옆에 소영이 서 있다. 이제 막 판이 끝난 모양인지 아이들은 우르르 가게를 나간다. 나가면서 다들 문 앞에 있는 재떨이에 번갈아가며 침을 뱉는다. 어찌나 열심히들 뱉어대는지 그 안에서 금붕어 두 마리는 족히 뛰어놀 듯하다.

나는 자장면을 먹다가 잠든 척하는 아버지를 흔들어, 강탈하듯 돈을 받아들고 나온다. 건물 입구에는 좀 전의 패거리들이 모여 있다. 남자애들이 오토바이에 앉자, 여자애들은 교복 치마가 찢어질 것 같다고 꺅꺅거리며 뒷자리에 올라탄다. 소영도 킬킬거리며 연두색 오토바이를 향해 다가가는데, 돌김을 오려붙인 듯 앞머리를 일자로 자른 여자애가 재빨리 먼저 자리를 차지한다.

"어쩌냐? 넌 걸어와야겠다. 씽씽노래방 알지?"

남자애가 시동을 걸며 말한다. 오토바이들이 줄방귀를 뀌며 달리기 시작한다. 소영은 당황하여 '야, 뭐야!' 소리치며 뒤따라 뛰어간다. 그러나 몇 걸음 못 가 구겨신고 있던 운동화가 훌러덩 벗겨지며 앞으로 고꾸라지고 만다. 오토바이들은 순식간에 시장통을 빠져나간다. 치마를 털고 일어나 운동화를 줍던 소영이 나를 발견한다. 나는 웃음을 참느라 벌겋게 부푼 얼굴을 돌린다.

"이게 죽을라고!"

소영이 발끈하여 들고 있던 운동화를 집어던진다. 새까맣게 때가 탄 운동화는 내 발치로 굴러온다. 나는 운동화 끈을 잡아 주워든다. 그러고는 공중에 빙빙 돌려 멀찍이 던져 날려버린다. 운동화는 살찐 비둘기처럼 둔하게 날아가, 버려진 배추이파리 무더기 위로 떨어진다. 소영은 나를 향해 주먹을 흔들어 보이더니 깽깽이 발로 운동화를 주우러 뛰어간다. 저래서 소영은 노는 애들의 무리에게 인정받지 못하는 거다. 보통 노는 애들이라면 치마 주머니에 손을 찔러넣고 일정한 간격으로 욕설을 찍찍 내뱉으며, '아아, 좀 짜증나는구나'라는 표정을 지어주며 운동화를 주우러 갈 것이다. 그보다 급이 높은 경우에는, '한번 내 손을 떠난 것 따위, 다시는 잡지 않는다'라는 비장한 얼굴로 맨발인 채 돌아서겠지. 그러나 엉덩이를 씰룩거리며 깽깽이 발로 뛰어대는, 저 서민적인 모습을 보라.

나는 축축한 배추이파리 위에서 씩씩거리며 운동화를 꿰어신고 있는 소영에게 다가간다. 그러고는 에어백처럼 두루뭉술한 그 애의 엉덩이를 툭 치며 말한다.

"야, 너 진짜 쪽팔리겠다. 나랑 노래방이나 가자."

소영이 햇빛에 미간을 찡그린 채 나를 올려다본다. 당구장 창문 너머로 딱, 하고 당구알 부딪치는 소리가 들려온다.

소영은 소파 위에서 팔짝팔짝 뛰어대며 노래를 부른다. 스크린을 붙잡은 채, 보는 이로 하여금 너무 민망해서 분노를 느끼게 하는 해파리 같은 춤을 춰대기도 한다. 소영은 노래를 부르는 와중에도 선곡책을 뒤적이며 새로 예약할 노래를 찾는다. 발라드의 1절이 끝나고 간주가 흘러나온다.

"야, 우리 엄마 어제 울었지?"

소영이 묻는다. 아줌마는 어제 밤늦게 옥상에 올라와 한참 동안 난간에 기대어 서 있다가 내려갔다. 얼핏 훌쩍이는 소리가 들렸던 것 같기도 한데, 그게 아줌마가 우는 소리였는지 아니면 쌀쌀한 밤바람이 초승달 끝에 걸린 제 옷자락을 잡아당기는 소리였는지는 모르겠다.

누군가에게 상처를 주는 것도 아무나 하는 게 아니다. 상처를 주기 위해서는 기본적으로 내가 상대방에게 의미 있는 존재여야 하는데, 그 의미가 버려지는 것을 감수할 만한 용기가 있어야만 가능하다.

나는 가슴속에 갑각류를 여러 마리 기른다. 그래서 누군가 내게 상처를 주려고 하는 낌새가 보이면, 그중 한 마리가 재빨리 단단한 등껍질을 내밀어 그것을 튕겨낼 준비를 한다. 튕겨내는 횟수가 많아질수록 녀석들은 더욱 단단해진다. 아주, 귀여운 녀석들이다.

내가 가끔씩 상처받는 것은 사람 때문이 아니라 상황 때문이다. 예를 들면, 마트에서 물건을 몇 개 골라 계산대에 섰는데 돈이 모자라서 두어 개를 골라 빼내야 하는 쪽팔리는 경우라든가, 길 가다가 마주친 잘생긴 남자애가 나를 보지 못하고 가방이나 어깨를 사정없이 부딪치며 지나갈 때 같은 경우 말이다.

노래방에서 나왔을 때는 사방이 어두워져 있었다. 소영과 나는 길가 포장마차에 들러 떡볶이와 순대를 먹는다. 뜨거운 오뎅 국물이 담긴 종이컵을 들고 미용실 앞을 지나친다. 나는 분홍색 가운을 두르고 미용의자에 앉아 있는 정사장을 본다. 빗과 가위를 든 희정 언니가 보석 세공사라도 된 듯 진지한 표정으로, 더 자를 데도 없는 정사장의 머리카락을 다듬고 있다. 정사장은 거울 너머로 언니를 보며 싱글싱글 미소짓는다.

"어우, 닭살이다. 야, 얼른 가자."

미용실 안을 들여다보던 소영이 혀를 날름 내밀며 말한다.

사랑은 몸뻬바지인가보다. 누구에게 갖다입혀도 촌스러운데, 그래서인지 보고 있으면 웃음이 난다.

골목으로 들어서는데 익숙한 그림자가 대문 앞에서 어른거린다. 병욱이다. 녀석은 교복 안주머니에서 무언가를 꺼내 내민다. 소영이 중간에서 휙, 낚아채어 그것을 들여다본다. 그러고는 뭔지 모르겠다고 고개를 갸우뚱거리다가 내게 건넨다. 내 눈에 들어온 것은 낯익은 배경의 사진이다. 커피숍 바닥에는 하루 여섯 끼씩은 먹고 산 듯이 토실한 쥐가 기어가고, 금방이라도 졸도할 듯 파랗게 질린 사장이 그 앞에 굳어 있다. 뒷장에는, 빗자루를 들고 쥐를 쫓아가는 아르바이트생들과, 아수라장이 된 커피숍을 빠져나가는 손님들의 모습도 찍혀 있다.

병욱이 뒷머리를 긁적거린다. 커피숍의 테이블에 혼자 앉아 음료를 시키고, 쥐를 풀고, 몰래 셔터를 눌러댔을 병욱의 모습이 그려진다. 나는 괜히 머쓱해져서, 사진의 초점이 흔들렸다는 둥 사장이 도망치는 장면의 표정이 선명하게 안 나왔다는 둥 종알거린다.

소영은 집에 들어가면 죽었다는 듯, 목에 손을 찍 그어 보이며 먼저 계단을 오른다.

"야, 이놈의 정신 나간 기집애야!"

이어 기다렸다는 듯 아줌마의 목소리가 주택을 쩌렁쩌렁 울린다. 비명을 지르며 뛰어다니는 소영의 발소리가 문밖까지 들려온다. 병욱과 나는 숨죽여 낄낄거린다.

멍! 개가 난간 사이로 얼굴을 내밀고 우리를 내려다본다. 분명 또 꼬리를 설렁설렁 흔들고 있으리라.

나는 밤하늘 위에 낮게 떠 있는 별을 손끝으로 조준해 팅, 튕겨본다. 멀뚱히 서 있던 병욱도 한쪽 눈을 감고 나를 따라한다. 일층 아줌마네 집에서 네 박자가 쿵짝거리기 시작한다. 튕겨나간 별들은 어깨를 들썩이며 더 높은 곳으로 올라간다.

19세

지금 나는 사람들에게 욕먹을 만한 짓을 하고 있다.

비둘기들은 내가 과자 부스러기를 뿌리며 나아가는 대로 무리 지어 쫓아온다. 나는 걸음을 멈춘다. 들고 있던 과자 봉지의 부스러기를 마저 홀홀 털어낸다. 비둘기들은 뚱뚱한 몸뚱이를 뒤뚱거리며 필사적으로 먹이를 향해 달려든다. 파다다당, 성급한 녀석들은 다른 비둘기의 머리 위를 낮게 날아 공간을 가로채기도 한다. 지나가던 젊은 여자 두 명이 인도를 가득 채운 비둘기떼를 발견하고는 비명을 지르며 도로 쪽으로 내려선다. 나는 홀가분하게 손을 털고 잿빛 무리를 벗어난다. 가게 안에서 여자가 쫓아나와 빗자루로 비둘기떼를 쫓아낸다. 새들의 날갯짓에 '「축 개업」 세렌 헤어살롱'이라고 쓰인 미니 현수막이 펄럭인다. 도망가는 듯 보였던 비둘기들은, 여자가 들어가기 무섭게 다시 날아들어 바글거린다. 길 건너편으로 넘어온 나는 만족스러운 미소를 짓는다. 뒤룩뒤룩 살찐 저 평화의 상징들은, 정말이지 평화를 위한 일을 하고 있는 것이다. 두 살배기 딸을 둔 희정 언니네 가족의 평화. 일 년 사이에 개미 손바닥만한 동네에는 미용실이 두 군데나 더 생겼다. '번개머리'라는 미용실은 삭발한 남자 디자이너가 너무 능글맞게 굴어서 징그럽다는 이유로 동네 아줌마들이 안 가니까 그렇다 쳐도, 이번에 생긴 '세렌 헤어살롱'은 무료 쿠폰을 나눠주느니 개업 이벤트 상품으로 헤어영양제를 나눠주느니 하는 꼼수를 써서 손님들 지갑솔기를 간질간질 꼬여내고 있다. 꽤 오래 아르바이트를 하던 여자가 가불한 돈을 떼어먹고 미용도구까지 훔쳐 도망간 탓에 가뜩이나 심기가 불편하던 희정 언니는 열불이 나서 끙끙 앓는다. 그러나 제 엄마가 이마에 스팀을 올리든 말든, 발바닥이 잘 익은 복숭아처럼 발간 딸내미 송이는 미용실 소파에 누운 채 수영튜브처럼 둥그런 열기구를 향해 두 손을 꼼지락거리며 까르륵 웃기 바쁘다.

하굣길에 건널목을 지나던 나는 문득, 뭔가 빠뜨리고 온 것 같다는 느낌이 든다. 책가방은 등에 잘 매달려 있고, 교복 단추 잘 붙어 있고, 구두 신었고, 윗니 아랫니 개수 아침이랑 똑같고. 그런데 왜 이렇게 허전할까 하고 생각하며 골목 어귀에 들어서는 순간, 나는 웬 낯선 사내아이와 눈이 마주친다. 골목 한가운데에 어린 인삼뿌리처럼 팔다리를 쭉 뻗은 채 서 있던 사내아이는 겁에 질린 얼굴로 잠시 망설이는 듯하더니 별안간 울음을 터뜨린다. 분명 비밀스러운 짓을 벌이고 있다가 놀라서 민망했던 게로군, 나는 속으로 중얼거리며 아이를 비켜간다.

"어으아아아."

아이는 코끼리 엉덩이에 깔린 카스텔라처럼 짓뭉개진 발음으로 엄마를 찾으며 더 큰 소리로 울어댄다. 나는 꽃잎처럼 연한 나의 고막이 고통스러워하는 것을 느끼며 골목 모퉁이를 돈다. 등 뒤의 울음소리가 뚝 그친다. 타다다다닥. 다급하게 달려오는 소리가 들리더니 아이가 모퉁이를 돌아 나타난다. 아이는 다시 절규하듯 악을 써댄다. 얼굴이 새빨개진 채 이마에 가느다란 힘줄을 돋운 아이를 물끄러미 내려다본다.

"뭐냐?"

"지이지이지이 지입 이어이어이어 버어버버였······"

아이가 어깨를 들먹이며 말할 때마다 콧구멍 속의 콧물 한 줄기가 신축성 있게 들락날락한다. 오늘 이사를 왔는데, 집을 잃어버렸다고 한다. 주소도 모르고, 가까운 곳에 뭐가 있었는지도 기억 안 난단다. 아이의 사정을 듣고 난 나는, 저런, 그것 참 사정이 딱하게 됐네, 하고 고개를 끄덕인 뒤 다시 집을 향해 걸음을 옮겼다. 그러나 비둘기만큼이나 근성이 있는 아이는 우리집 대문 앞까지 나를 쫓아오며 울어댔다.

"똥이나 퍼! 드쇼."

병욱은 어쩌자고 이런 당치도 않은 유행어를 따라하는 건지 모르겠다. 키가 계속 자라서 이제 내가 녀석의 어깨까지밖에 못 미치고, 교복 윗옷은 손목뼈의 반을 간신히 덮을 만큼 깡뚱하다. 게다가 요즘엔 겉멋이 잔뜩 들어서 주말 드라마의 모 배우가 하고 나왔다 하여 애들 사이에 유행으로 번진 짝퉁 버버리 목도리에, 인형 뽑기에서 뽑은 것이 분명한 짝퉁 불가리 시계까지 찼다.

"아, 저기다!"

병욱의 손에 매달려 걷던 아이가 손을 쭉 뻗어 주택가를 가리킨다. 대문 앞에 납작하게 접힌 상자가 쌓여 있는 집이 눈에 띈다. 아이는 재빨리 손을 놓고 달려간다. 빈 상자를 내다버리던 여자는 건성으로 아이를 맞으며 상자를 포개어놓는다. 아이는 길을 잃어버렸었다고 울먹이며 여자의 팔에 매달린다. 그러자 뒤따라 나온, 중학생쯤 되어 보이는 여자애가 사내아이의 머리를 쥐어박는다. 사내아이는 풍, 하고 코르크마개를 잡아뺀 듯 또 울어대기 시작한다. 그러고는 괘씸하게도 뒤 한번 돌아보지 않고 제 엄마와 누나 사이에서 땡깡을 부리며 집 안으로 들어간다. 괜히 데려다줬다. 집을 찾아주는 척하고 저 멀리 딴 동네나 뚝방에다 휙 던져놓고 도망칠걸. 만일 누군가 어린 시절의 나를 체스 말처럼 번쩍 들어 전혀 낯선 곳에 덩그러니 내려놓았더라면 지금쯤 나는 어떤 삶을 살고 있을까. 아주 먼 곳에서 완전히 다른 모습으로 자란 후에 누구처럼 지구를 몇 바퀴 돌아서라도 다시 찾겠다고 기를 쓰며 아버지를 그리워했을까, 과연.

남자 둘이 포장마차 천막을 들치고 들어온다. 그들은 순대 찜통 앞쪽에 자리를 잡고 앉는다. 아버지는 앞서 주문받은 멍게와 소주를 젊은 손님들 앞에 내려놓는다. 남자 둘은 나무 판때기에 쓰인 조촐한 메뉴들을 슥 훑고는 홍합탕과 소주를 시킨다. 아버지는 홍합이 담긴 냄비 뚜껑을 연다. 갇혀 있던 홍합들이 일제히 참았던 숨을 내쉬듯 뺘언 연기가 솟아오른다. 나는 한쪽 구석에 앉아 마지못한 얼굴로 긴 꼬챙이에 오뎅을 꿰고 있다. 초장 찍은 멍게를 입에 넣고 있는 젊은 손님 둘은 동네 나이트클럽의 웨이터들이다. 그들은 주로 일이 끝난 새벽에 오는데, 오늘은 비번인 모양인지 일찌감치 찾아왔다. 둘 중에 심한 짱구라서 스누피를 닮은 나이 어린 웨이터는 항상 나만 보면 깐죽거린다. 녀석은 볼 때마다 '야야, 오빠 왔어' 하며 팔꿈치로 툭 치고는 해죽거린다. 게다가 양볼에 여드름이 잔뜩 돋은 게 나랑 나이차이도 얼마 안 나는 것 같은데, 담배를 뻑뻑 피우고 소주를 입에 탁탁 털어넣으며 같이 온 형들이랑 인생 얘기 비스무리한 것을 할 때면 어쩌다 나와 눈이 마주쳐도 '지금은 너한테 장난 걸어줄 시간 없다'는 듯 건방진 눈빛을 띠며 시선을 돌리는 것이, 영 나를 무시하는 것 같아 황당하다. 특히 여자 손님들 얘기를 하며 나를 향해 눈웃음을 실실 흘릴 때는 고 뺀질뺀질한 얼굴을 계란말이처럼 착착 접어버리고도 싶다.

스누피 대가리보다 더 안 반가운 사람이 있는데, 바로 오씨 아줌마다. 의류공장에 다닌다는 오씨 아줌마는 퇴근길에 혼자 들러 소주를 반병 정도 비운다. 내가 아줌마를 별로 좋아하지 않는 까닭은 그녀가 상 위에 초장을 흘리고는 '아이고 칠칠치 못하게' 하며 손으로 문질러 먹는다거나, 이 틈새에 치석이 많이 꼈기 때문만은 아니다. 아줌마가 오는 날이면 아버지는 평소보다 일찍 문을 닫고 꼭 둘이 어울려 술을 마신다. 게다가 내가 없을 땐 술값도 안 받는 눈치다. 오늘도 아줌마는 가장 안쪽 자리에 앉아 아버지가 당근 써는 모습을 지켜보고 있다.

"자리 많으니까 옆으로 좀 가세요. 아우, 이쪽에 이렇게 바짝 앉아 있으면 일하기 힘들다구요."

나는 일부러 아버지가 서 있는 안쪽으로 드나들며 아줌마에게 핀잔한다.

"아이구, 미안. 불을 써서 그런지 여기가 따뜻하더라구."

아줌마는 나를 쳐다보다가 다시 아버지 쪽으로 시선을 돌리며 흐흐, 웃는다. 나는 미간이 누군가가 밟고 지나간 깡통처럼 우그러지는 것을 느끼며 포장마차를 나온다.

개와 싸웠다. 내가 닭다리를 먹고 있는데 개가 펄쩍 뛰어올라 낚아채어서는 의기양양한 표정을 지은 것이 화근이었다. 나는 우격다짐으로 닭다리를 빼앗아 옥상 밑으로 던져버렸다. 개는 잠시 나를 노려보다가 돌아누웠다. 그러고는 이름을 불러도 고개를 들지 않고, 평소에는 알은체도 안 하던 아버지에게 꼬리를 흔들어대며 나를 무시히는 등의 유치한 행동을 하고 있다.

확, 공사중인 맨홀 속에 던져버릴까보다. 나는 개를 쥐어박는 시늉을 하며 말한다.

"그럼 걔 진짜 죽어."

빨간색 떡볶이코트를 입은 소영이 말한다. 소영은 요즘 야위었다. 수능이 얼마 남지 않은 탓에 입맛이 없다고 한다. 흑염소며 자라며, 그애 엄마가 온갖 동식물들을 약으로 지어다가 바치지만 소용이 없다. 소영은 요즘 세상에 재수는 필수, 삼수는 매너라고 자기 위로를 하듯 말한다. 그애는 자기가 앞으로 무엇을 하고 싶은지, 무얼 할 때 가장 즐거운지 아직 모르겠다고 한다. 이를테면, 손에 고무공을 쥐고 사방이 깜깜한 곳에 서 있는 기분이란다. '어디로 던져요?' 하고 물으면 '아무 데나, 일단 멀리만 던져!'라는 대답이 돌아오고, 소영은 눈에 보이지도 않는 어딘가를 향해 냅다 공을 집어던질 준비를 하는 것이다. 공을 던지고 나면 뒤이어 '자, 공 있는 데로 뛰어가!' 하는 목소리와 함께 소영은 엉덩이를 말 궁둥짝 채찍질당하듯 찰싹 언어맞고 허둥지둥 뛰게 될 거라고 했다.

"에, 아무것도 안 하고 살면 안 되나? 부표처럼 둥둥 떠서 따뜻한 햇볕이나 쬐고."

평상 위에 걸터앉은 소영이 종알거린다. 나는 옥상 난간을 보고 누운 개의 고개를 억지로 돌려 나를 쳐다보게 한다. 개는 반항

하지 않고 순순히 손에 잡힌 채 고개를 든다.

"뭐야, 너 우냐?"

나는 축축하게 젖은 개의 눈가를 보며 소리친다. 개의 꼬리를 한 번 쭉 잡아당기고 웃는다. 개는 다시 앞발 사이에 머리를 얹은 채 난간 사이로 동네를 내려다본다. 골목길에는 헨젤과 그레텔이 떨어뜨려놓고 간 빵조각처럼 띄엄띄엄 놓여진 주홍빛 가로등이 미지근한 불빛을 밝히고 있다.

"너는 스무 살이 되면 뭐 할 거냐?"

소영이 묻는다. 나는 흙이 얼어붙어 있는 화분을 내려다본다. 난 스무 살이 되면, 이곳을 떠날 거다.

어깨가 축축하다. 송이를 재우느라 안아들고 있었더니 요 조그마한 계집애가 침을 줄줄 흘려서 교복 블라우스를 푹 적셔놓았다. 희정 언니는 동네 호프집 아줌마랑 다투는 중이다. 아줌마는 엊그제 했던 파마가 벌써 다 풀어졌다고 화를 냈고, 언니는 아줌마가 애초에 그렇게 해달라지 않았느냐며 한 수도 지지 않았다. 전 같았으면 못 이기는 척 다시 파마를 해주었을 텐데(대신 다리미로 눌러도 펴지지 않을 듯 강력한 용수철 스타일로) 요새는 부쩍 짜증이 는 것 같다. 호프집 아줌마는 결국 십 년 넘은 단골을

19세 147

버렸네 어쨌네 하며 가게를 나간다. 언니는 심드렁한 얼굴을 한 채 바닥에 떨어진 머리칼을 발로 대충 슥슥 밀어낸다.

"가게 정리할 거야. 이제 둘째도 생겼고. 몇 년간은 가게 보기 힘들 거 같아서."

한마디 할 듯한 표정을 짓고 있는 내게, 언니가 선수치듯 말을 꺼낸다. 둘째를 가졌다니 처음 듣는 얘기다. 나는 송이를 번쩍 들어 그네를 태운다. 언니는 전처럼 내게 모든 것을 얘기해주고 키득거리지 않는다. 일번 주자는 내가 아닌 정사장인 것이다. 하지만 괜찮다. 이따금씩 정사장과 말다툼을 한 뒤 오밤중에 불러내서 맥주를 벌컥벌컥 들이켜며 정사장 흉을 늘어놓는 상대는 여전히 나니까. 또 정사장은 참외배꼽에 발바닥의 각질이 매우 심한데다, 치질로 고생하고 있는 불쌍한 남자니까.

동네 야채 가게에서 두부를 사들고 오는데 누군가 달려와 내 등을 후려친다. 스누피 대가리였다. 무전기를 들고 검은색 점퍼를 입은 그는 예의 그 밉살스러운 웃음을 실실거리며 "뭐 하나?" 하고 치근거린다. 나는 최대한 점잖게, 갑자기 여자의 등을 내리치는 것은 실례라고 충고한다.

"네가 여자냐? 꼬맹이지."

그는 혀를 날름하며 말한다.

148

"야, 내가 선물 줄까?"

스누피 대가리가 내 어깨를 툭 친다. 그러고는 점퍼 주머니를 뒤져 무언가를 꺼내는 척하더니, 재빨리 내 볼에 입을 맞춘다. 뭐야, 이 자식! 나는 두부를 휘둘러 녀석의 얼굴을 강타했다. 아니, 사실 하려다가 못 했다. 오늘따라 큰맘먹고 보통두부보다 이백원이나 비싼 녹차두부를 샀던 것이다. 무전기가 지직거렸고 스누피는 무어라고 대답을 하더니 바쁜 척 뛰어간다. 편의점 입구의 입간판 앞에 다다른 그는 획 돌아서서 예의 그 뺀질거리는 웃음을 띠며 손을 흔들어 보인다.

오씨 아줌마가 우리집까지 찾아왔다. 열쇠를 안 갖고 온데다 같은 방을 쓰는 아줌마들이 곯아떨어져서 방에 들어갈 수가 없다고 한다. 오숙자씨를 데리고 온 친절한 아버지는 어서 들어오라고 손짓한다. 얼굴에 술기운이 발갛게 오른 아줌마는 현관에서 고무신처럼 생긴 신발을 벗고는, 내 눈치를 보며 가지런히 정리해놓는다.

"아이고, 발도 인형만치로 작네."

아줌마는 현관에 아무렇게나 널브러져 있는 내 신발짝을 보고 중얼거리며 시키지도 않은 신발 정리를 한다. 자다 깬 나는 김빠진 사이다 같은 기분으로 화장실에 들어온다. 밖에서 어린애처럼 낄낄거리는 아버지와, 하지 말라고 소리죽여 만류하는 아줌마 목소리가 들린다. 나는 엎어져 있는 양은대야를 요란하게 걷어찬다.

아줌마는 내 옆에 누워 잠들었다. 남의 집에서 코까지 골고 팔자 좋다. 자는 줄 알았던 아버지가 빠끔히 방문을 열고 아줌마를 내려다보더니 다시 조용히 방문을 닫고 들어간다. 고작 한 사람이 늘었을 뿐인데 집은 만선이 된 듯 무게감이 느껴진다. 나는 오씨 아줌마의 두툼한 팔뚝을 슬그머니 꼬집어본다. 축 처진 뱃살도 지그시 찔러본다. 지푸라기처럼 버석거리는 머리털을 잡아당겨보려는 찰나, 아줌마가 눈을 뜬다. 그러고는 나를 향해 배시시 웃는다.

다음날 아침 가스레인지 위에는 김치찌개가 끓고 있다. 나는 돼지고기가 들어가지 않은 김치찌개는 안 먹는데 센스 없게도 참치통조림을 넣고 끓여놨다. 화장실 문을 벌컥 열자, 바닥에 쭈그리고 앉아 있던 아줌마가 움칠 놀란다. 젖은 머리칼을 수건으로 감싸올린 그녀는 하수구에 엉킨 머리칼을 손으로 긁어내 휴지통에 버린다.

"저게 뭐예요?"

나는 벌받는 어린 유령처럼 수건걸이에 걸려 있는 스타킹을 본다. 어제 문질러 빨려다가 귀찮아서 세탁기 위에 대충 던져놓은 것이었다. 아줌마는 자기 양말 빠는 김에 같이 빨았다며 마른 스타킹을 걷어 건넨다. 나는 얼굴이 붉어지는 것을 느끼며 스타킹을 낚아챈다.

"조금 있으면 뭐까지 닦아주겠다고 하겠네."

압정을 박듯 쏘아붙이지만 그녀는 못 들은 척 화장실 바닥에 물을 끼얹는다. 강적이다.

스누피 대가리가 손때 묻은 종이를 내민다. 서투른 글씨로 쓴 짧은 영어 문장이 대여섯 줄 적혀 있다. 해석해달란다. 마늘을 까던 나는 건성으로 문장을 훑어본다. 대충 맥락은 알 듯한데 헷갈리는 단어들이 끼어 있다. 영어가 이래서 어렵다. 모르는 부분은 내 멋대로 해석해서 대충 불러준다. 스누피 대가리는 캬, 끝내준다, 감탄하며 오버를 한다.

"이거 우리 엄마 일기장에 적혀 있었던 거야. 제일 좋아했던 노래래. 엄마가 집 나갈 때 일기장을 두고 갔거든."

스누피는 메모지를 다시 주머니에 넣으며 말한다. 뻔한 레퍼토리다. 설령 진짜라 해도, 저런 이야기를 별로 친하지도 않은 내게 아무렇지 않게 꺼내다니 한심하기 짝이 없다. 나는 자신의 불운

한 과거 이야기를 들먹이며 동정심을 얻으려는 자존심 없는 인간은 딱 질색이다.

아버지는 푸른 통에 물을 가득 채워들고 포장마차 안으로 들어선다. 오뎅 솥에 물을 한 바가지 붓더니, 콧노래를 부르며 다시마를 잘라 넣는다. 얼마 안 있어 양손에 묵직한 비닐봉지를 든 병욱이 들어온다. 아버지가 또 나 모르게 녀석에게 공짜 개고기를 부탁한 모양이다. 병욱은 내 옆에 자리를 잡고 앉아, 오늘 낮에 시장에서 있었던 이야기를 늘어놓는다. 듣는 둥 마는 둥 마늘 껍질을 쓸어버리던 나는 스누피 대가리와 눈이 마주친다. 그는 나를 향해 찡긋 윙크를 해 보이고는 천막을 젖히고 나간다. 아버지는 '새끼, 뭘 사먹지도 않으면서 괜히 개기다 나가긴' 하는 눈으로 스누피의 등을 흘끗 쳐다본다. 병욱은 한마디 꺼낼 듯 스누피와 나를 번갈아 쳐다보다가 그만둔다.

희정 언니의 머리칼이 동그란 미용기구에 돌돌 말린다. 나는 세렌 헤어살롱의 소파에 앉아 언니의 뒷모습을 바라본다. 이마가 드러나고 머리칼이 바짝 당겨져서 흡사 우주생물 같은 언니의 표정은 비장하다. 파마약이 눈썹에 묻거나 머리 감는 물이 너무 차가울라치면 낮고 침착한 목소리로 '이럴 때는 이렇게 하는 게 좋다'라고 충고한다. 반짝이 스커트를 입은 세렌 헤어살롱의 주인 여자는 못마땅한 듯 입술을 씰룩인다.

세렌 헤어살롱을 나오자, 눈부신 볕이 맑고 차가운 공기를 가로지르며 이마 위로 내리쬔다. 희정 언니는 이제 해양생물체처럼 되어버린 머리를 손바닥으로 한번 쓸어 보이더니, 고개를 끄덕인다.

"나보다 한참 못하긴 해도, 기본은 제대로 되어 있네."

며칠 뒤 희정 언니의 미용실은 문을 닫았다. 나는 미용의자에 앉아 빙그르르 한 바퀴 돌아보는 것으로 가게에 인사를 고했다. 미용실 자리에는 빵집이 들어선다고 했다. 언니는 쿨한 척하더니, 정작 가게를 넘긴 뒤에는 콧물을 훌쩍였다. 그리고 서랍 깊은 곳에서 엄마가 쓰던 가위를 꺼내주었다. 사용하진 않았지만 가끔 기름칠을 해둔 모양이었다.

집에 돌아온 나는 가위로 신문지를 오려본다. 신문지를 다 오린 뒤에는 치킨집 전단지, 싱크대에 뒹구는 배추이파리, 두루마리 휴지 조각까지 잘라본다. 가위는 여전히 잘 든다. 어쩌면 시간도 잘라낼 수 있을 것 같다. 나는 허공에 대고 찰칵찰칵 가위질을 한다. 문득, 좋은 생각이 떠오른다.

"거울 좀 보여주면 안 돼?"

병욱이 묻는다. 나는 병욱의 머리통을 손바닥으로 내려치고, 녀석의 고개를 바르게 고정시킨다. 분무기로 물을 분사하자, 가뜩이나 옥상의 찬 바람에 얼어 있던 녀석의 목덜미가 눌린 스프링처럼 움츠러든다. 개는 신기한 것을 구경하듯 병욱을 쳐다본다. 잘린 머리카락은 따로 쓸어낼 필요도 없이 바람에 날려 흩어진다. 앞머리부터 시작해 정수리, 옆머리, 뒷머리를 쳐낸다. 계속 잘라도 좀처럼 짧아지는 것 같지가 않아, 아예 무 뽑듯 한 뭉텅이씩 잡고 서걱서걱 잘라낸다.

"난 미용엔 별로 소질이 없나봐."

한 시간쯤 뒤, 나는 가위를 내려놓으며 말한다. 버릇없는 토끼가 함부로 풀을 먹고 다닌 잔디밭처럼, 병욱의 머리는 제멋대로 들쑥날쑥해졌다. 녀석은 거울을 들여다보고 목에 달라붙은 머리칼을 털어내며 말한다.

"생각보단 괜찮네."

소영은 촛불들을 단숨에 불어 끈다. 나와 병욱이 선물꾸러미를 내민다. 소영은 우리가 선물한 머리핀과 노란색 지갑을 로커에 넣고 돌아온다. 우리 셋은 초 꽂은 구멍이 남은 다섯 개의 초코파이를 먹어치운다. 그러고는 소영이 가리킨 '참나무 방' 안으로 사이좋은 바퀴벌레들처럼 기어들어가 나란히 드러눕는다.

생일파티를 찜질방에서 하자는 건 소영의 제안이었다. 소영은 예쁜 음식점이며 노래방도 좋지만, 엄마 잔소리를 피해 실컷 자 보고 싶다 했다. 그러나 막상 동굴 같은 불가마 안에 들어오자 잠이 오지 않는 모양이다. 저 아줌마는 바짓가랑이 사이로 팬티가 보인다느니, 저 아저씨 다리털이 오스트랄로피테쿠스 같다느니, 두리번거리며 속삭이기 바쁘다. 나는 이 사이에 낀 초코파이를 혀로 떼어내며 이마의 땀을 닦는다.

내 열아홉의 생일에는 아버지가 포장마차 차릴 돈 중 얼마를 잃어버리고 돌아왔었다. 술 취한 아버지는 굴 껍질처럼 엎어진 채로 위잉 윙 바닷바람 드나드는 소리를 내며 울었다. 나는 조용히 옥상으로 나와, 내 짧은 열아홉 인생을 샌드백처럼 세웠다. 그리고 왜 이렇게 부족한 게 많으냐고 소리치며 어퍼컷을 날렸다. 이어 훅, 잽까지. 그러자 열아홉 인생은 시무룩하게 입을 열었다. '내 잘못이 아니잖아.' 나는 녀석이 가엾어졌다. 그래서 함께 어깨동무를 하고 옥상 난간에 기대어 선 채로 생일의 밤하늘을 올려다보았다.

불행에게는 틈을 보여선 안 된다. 약한 모습을 보이면, 면역체계가 생기기도 전에 녀석들은 또다시 떼를 지어 덤벼든다. 정 강한 모습으로 견딜 수 없을 때는 도망이라도 가야 한다. 불행은 아무것도 하지 않고 울기만 하는 나약한 인간을 가장 좋아하니까. 그날 나는 불행을 겁줄 만한 무언가를 곰곰이 생각하다가, 아버지에게 꿀물을 한 잔 타주었다.

소영이 팔다리를 쭉 뻗으며 기지개를 켠다.

"내년 생일에는 제발 니들이 아닌 남자친구와 함께하길."

포장마차 밖이 소란스럽다. 천막을 들치고 나가보니 유흥업소가 밀집한 골목 어귀에 경찰차가 서 있다. 나는 구경꾼들 틈으로 발돋움을 한다. 주춤거리고 있는 경찰들이 보인다. 골목 가운데에 두 남자가 비틀거리며 서 있다. 팔을 휘둘러대는 한 남자의 손에는 깨진 맥주병이 들려 있다. 상대방은 피가 흐르는 한쪽 팔을 움켜잡은 채 휘청거린다. 경찰이 달려들어 맥주병을 들고 있는 남자의 어깨를 곤봉으로 내려친다. 팔을 다친 남자가 기다렸다는 듯 어깨에 힘을 풀며 주저앉는다. 나는 잠깐 그와 눈이 마주친다. 스누피 대가리다.

골목은 고요하다. 넥타이를 이마에 묶은 채 전봇대 아래서 평온한 얼굴로 잠들어 있는 취객이며, 곧 날아오를 파랑새처럼 파닥거리는 신문지와 전단지. 먼 도시의 어린 소녀에게 전해줄 편지라도 담고 있는 것처럼 길바닥을 열나게 구르고 구르는 빈 술병까지. 나는 발밑을 살핀다. 두 남자가 난동을 피우던 자리에는 거무튀튀한 핏자국이 말라붙어 있다.

"너, 걔 몰라? 김성호, 같은 초등학교 다녔었잖아. 사학년 때 가출해서 퇴학당했던."

어제저녁 포장마차로 찾아왔던 병욱이 스누피 대가리를 언급하며 말했다. 기억나지 않는다는 표정을 짓자 녀석은 답답하다는 듯 덧붙였다.

"왜, 육학년 선배들이 너 실내화가방 뺏어서 장난쳤을 때 가서 찾아다줬던 애 있었잖아."

그런 일이 있긴 했다. 이름도 모르는 옆 반의 꼬질꼬질한 녀석이 코피를 흘리며 내 실내화가방을 덜렁덜렁 들고 달려왔더랬다. 나는 그때 녀석에게 선수를 뺏겼다는 듯 가자미눈을 하고 있던 병욱의 머저리 같은 표정을 비웃느라 바빴다. 그러고 보니 쓰던 흔적이 보이는 크레파스를 제 이름만 긁어 지우고 내게 생일선물로 준 것도, 체해서 찾아간 양호선생이 없을 때 독수리 오형제 같은 표정을 지으며 교직원 화장실 안으로 뛰어들어가 양호선생을 불러낸 것도 그 꾀죄죄한 코흘리개였지 나는 전혀 떠오르지 않는 얼굴 대신, '무릎이 튀어나온 바지' 쯤으로 녀석을 기억하고 있었다.

"예전부터 나이 속이고 동네 여기저기서 일했었잖아. 난 자주 봤는데."

병욱은 오뎅을 베어 먹으며 덧붙였다.

감기에 걸렸나보다. 재채기가 비엔나소시지처럼 줄줄이 이어진다. 나는 콧물을 들이마시며 숙제를 한다. 벽거울을 들여다보며 흰머리의 분포상태를 체크하던 아버지가 요즘 염색약이 얼마나 하느냐고 묻는다. 오씨 아줌마의 셀프 염색 솜씨가 웬만한 미용사 저리 가라 할 정도라는 것이다. 그러고 보니 아줌마는 하루가 멀다 하고 새치 염색을 해대는 듯했다. 보나 마나 염색물이 빠지고 나면 밀가루 인간이 혀로 싹싹 핥아댄 것마냥 허연 머리칼이 수북하겠지. 아버지랑 나란히 불타는 고구마 같은 붉은색으로 염색하면 볼 만하겠다고 생각하며 속으로 낄낄 웃는다.

전화벨이 울린다. 아버지는 전화기를 바로 곁에 두고 있으면서도 받지 않는다. 할 수 없이 무릎걸음으로 걸어가 수화기를 든다.

"오여사면 나 지금 독서중이라고 해라."

아버지가 스포츠신문을 펼치며 말한다.

"아버지."

신문을 넘겨보는 척하던 아버지가 고개를 든다. 세상에서 가장 완벽한 정적이 있다면, 그것은 상대방이 먼저 전화를 끊은 뒤에 남기는 찰나의 고요함일 것이다.

"엄마 돌아가셨다는데."

엄마는 장을 보고 가던 길에 도로를 가로질러 뛰다가 트럭에 치였다. 같이 시장에 다녀오던 옆집 여자는, 엄마가 갑자기 무언가를 발견하고 쫓아가듯 황급히 달렸다고 했다. 아니, 어쩌면 무언가에 쫓기듯 도망치는 것 같기도 했다며 말끝을 흐렸다.

"막을 새도 없이 순식간에……"

나는 병원 화장실에 들어가 손을 씻으며, 엄마의 장바구니에서 튀어나왔을 물건들을 떠올려보려 했다. 물오징어와 양파, 콩나물 같은 아무것도 아닌 것들을 생각했을 뿐인데 그것들을 하나하나 살피고 골라 값을 치렀을 엄마의 모습까지 함께 그려졌다. 나는 변기 위에 한동안 앉아 있었다. 오줌은 마렵지 않았다.

아버지는 멀찍이 떨어진 자리에 엉거주춤하게 서서 엄마의 영정을 바라보았다. 누군가 술을 권했지만 마시지 않았다. 영안실에는 낯선 얼굴들이 대부분이었고 우리는 서로에 대해 묻지 않았다.

"엄마 많이 늙었네."

나는 아버지에게 말한다. 목소리가 지나치게 밝게 나왔다. 꼭 일부러 명랑한 척하는 어설픈 여고생이 된 거 같아서 마음에 안 든다. 누군가 내 등을 밀치고 지나간다. 에이 씨, 나는 낯선 얼굴을 향해 눈을 흘긴다. 그는 당황한 표정으로 사과를 하고 사라진다. 나는 습관적으로 한쪽 다리를 달달 떨며, 이 세상 사람들의 몸에 난 점들의 수를 다 합치면 몇개쯤 될까, 이 세상 운동화들의 끈을 전부 모아 이으면 지구를 몇바퀴쯤 감을 수 있을까 하는 따위의 생각을 해본다.

그러고 보면 나는 엄마가 없어도 썩 나쁘지 않았다. 뭐 꽤 괜찮았던 것 같기도 하다. 그렇지…… 않나? 그런데 아버지는 이 상황에서도 육개장에 밥을 말고 있다. 수저 등으로 꾹꾹 눌러 만 밥을 한 수저 떠서 입 안에 넣는다. 아버지는 어쩜 이럴까. 눈물이 난다. 분명히 말해두는데, 이건 화가 나서 나는 눈물이다. 나는 줄이 끊어져 내려앉은, 지독하게 무겁고 어두운 천막 속에 갇힌 어린아이처럼 울기 시작한다. 가슴속에서 수만 마리의 새떼가 내 호수를 떠나 계절을 따라 날아간다. 아버지가 내 어깨에 손을 얹는다.

이길 수 없는 것을 굳이 이기려들지 않을 것이다. 어차피 이기지 못하리라는 것을 알면서 스스로를 괴롭히며 덤벼드느니 차라리 지고도 행복할 수 있는 방법을 찾는 게 낫다.

숨을 돌리기 위해 밖으로 나오자 진눈개비가 날리고 있다. 주머니 속에는 어느 노파가 안쓰럽다는 얼굴로 비닐봉지에 싸서 챙겨준 떡이 들어 있다. 나는 서로 엉겨붙어 있는 떡을 한 점 떼어 내 입에 넣는다.

"꼭꼭 씹어 먹어."

엄마가 말한다. 나는 흥, 코웃음을 친다. 안 그래도 그러려고 했어. 대꾸하며 떡을 열심히 씹어 삼킨다.

"맛도 더럽게 없네. 이런 걸 떡이라고 만들었나."

나는 입김을 토해내며 말한다. 주차장에 서 있던 남자 서넛이 흘끗 쳐다본다.

간절히 원했지만 내가 가질 수 없었던 엄마는 그렇게 조용히 나의 상자 속으로 걸어들어왔다. 상자는 뚜껑이 닫힌 채 내 가슴 속의 선반 한켠에 놓여졌다.

오씨 아줌마는 오늘도 혼자 술을 마신다. 요즘 들어 아버지는 전처럼 아줌마에게 능청스럽게 농담을 건네지 않는다. 두 명의 일행과 함께 온 만취한 남자가 닭발이 싱겁다고 트집을 잡는다.

이럴 때 아버지는 보통 '이 닭이 생전에 발을 자주 씻던 놈이라' 하며 대충 받아넘기곤 한다. 그러나 오늘은 잠자코 오이만 썬다.

"이거 뭐, 개를 줘도 안 먹겠네. 사람이 직업의식을 가져야지. 이렇게 대충대충 하니까 그 나이에 포장마차나 끌고 있는 거야. 아무리 돈 몇 푼 안 하는 닭발이라고 해도 이따위로 만들어 내놓으면 안 되지. 어이, 손님 말이 말 같지 않아?"

따악. 칼이 도마에 꽂힌다. 이 양반, 많이 취하셨네. 아버지가 말한다. 남자는 비틀거리며 자리에서 일어난다. 그러고는 벌겋게 양념된 닭발을 집어 아버지 코앞에 들이민다. 어이, 먹어봐, 직접 먹어보라고. 아버지 입 주변에 닭발 양념이 묻는다.

"에라이!"

오씨 아줌마의 목소리가 좁은 실내를 울린다. 남자의 얼굴에 소주가 끼얹어진다. 맑은 액체는 남자의 기름진 볼과 턱을 타고 뚝뚝 떨어진다. 포장마차 안의 공기가 일순간 정지된다.

"찰랑찰랑 찰랑이네, 그대 잔에 담긴 위스키가."

술을 끼얹은 오씨 아줌마는 빈 술잔을 허공에 딸랑딸랑 흔들어 보이며 노래 한 구절을 뽑아낸다. 나는 슬그머니 포장마차에서 빠져나온다. 안에서 한바탕 고함과 욕지거리가 오간다. 이윽고 두 명의 일행이 만취한 남자를 끌고 나온다. 발음이 일그러져서 뭐라고 지껄이는지는 잘 알아들을 수 없지만 "저런 돼지 같은" 어쩌고 하는 말은 날치처럼 톡 튀어 귀에 들어온다. 나도 모르게 피식, 웃음이 난다.

아버지는 바닥에 깨진 술잔을 쓸어담고 있다. 아줌마는 씩씩거리며 플라스틱 접시 위에 차게 식어 있는 닭발을 집어 우물거린다.

"맛있기만 하구만, 개놈의 새끼!"

아줌마는 쓰던 잔을 옷자락에 문질러 닦아 아버지에게 내민다. 아버지가 내 쪽을 잠깐 쳐다본다. 나는 하품을 하며 가방을 집어든다.

"먼저 들어갈게요."

전기장판을 켜고 자라는 아버지의 말을 뒤로 하고 포장마차를 나선다. 오씨 아줌마는 분명 아버지 손에서 행주를 빼앗아 상 위를 문질러 닦고, 오늘따라 유난히 싱거운 음식에 몰래 소금을 넣어 간을 맞출 것이다. 할 일도 진짜 없는 모양이지, 라고 중얼거리며 포장마차를 돌아본다. 천막 밖으로 새어나오는 불빛이 환하다.

집에 돌아온 나는 감기약을 먹고 뜨겁게 데운 전기장판 위에서 푹 잠들었다. 아버지의 포장마차가 천막을 날개처럼 퍼덕이며 밤하늘로 날아오르는 꿈을 꾸었다. 그, 뭐냐, 은하철도 999처럼.

희정 언니는 플라스틱 통에 김치를 꾹꾹 눌러담는다. 나는 김
칫국물이 고여 있는 고무 함지박을 깨끗이 헹궈낸다. 언니는 양
념 묻은 두 손을 들고 무언가를 찾는 듯 두리번거리더니, 얼마 전
에 만들었다는 게장을 함께 싸준다. 끙끙거리며 짐을 현관 앞까
지 들고 나온 나는 운동화를 꿰어신는다. 정사장이 송이를 안고
빈 우윳병을 든 채로 방에서 나온다.

"언니."

정사장에게서 송이를 받아 안은 언니가 '응' 대답한다.

"고맙다고."

언니가 송이에게서 눈을 돌려 나를 본다. '애가 뱀을 회쳐 먹었
나, 웬일이래' 혹은, '야, 고마우면 송이 기저귀나 좀 갈아주고 가
든가' 하며 나를 가볍게 흘기겠지. 그럼 난 자연스럽게 '고맙다고
해도 난리야' 하며 삐친 척 퉁탕거리며 집을 나서면 될 것이다.

그러나 희정 언니는 아무 말 없이 손을 뻗더니, 내 머리를 쓰다
듬는다. 송이가 제 엄마를 흉내내며 내 쪽으로 손을 뻗어 휘젓는
다. 괜히 머쓱한 기분이 든다. 나는 머리가 흐트러진다고 투덜거
리며 짐을 챙겨든다.

집 앞에 다다른 나는 두 남녀가 남의 집 대문 옆에 붙어 진한

애정행각을 벌이고 있는 장면을 목격한다. 가까이 가서 보니 스누피 대가리와 소영이다. 애정행각은커녕 소영이 여자 기숙사 앞을 지키는 B사감처럼 팔짱을 낀 채 녀석을 노려보고 있다. 나를 발견한 소영은 잽싸게 몸을 기울이고 내게 속삭인다. 저런 질 나쁜 녀석은 아예 상종하지를 말란다. 언젠가 같은 반이었는데 하루가 멀다 하고 소영의 치마에 코딱지를 묻혔다고 한다. 뿐 아니라 소영의 필통이나 비닐지갑도 훔쳤었다고 덧붙인다. 소영이 앞서 들어간 뒤 스누피 대가리는 나를 향해 히죽 웃는다.

"나, 가게 옮겨. 내일이나 모레쯤."

녀석이 말한다. 나는 녀석의 등장과, 녀석의 팔에 둘둘 감긴 붕대도 신경이 쓰이긴 하지만 녀석의 손에 들려 있는 검은 비닐봉지가 궁금하다. 혹시 나 줄 선물인가.

나는 녀석에게 이미 네 정체는 탄로났다고 퉁명스레 말한다. 그러고 보면 녀석은 나와 같은 반이었던 기억이 없는데 어떻게 나를 알고 있을까. 스누피 대가리는 머뭇거리다가 입을 뗀다.

"왜, 병욱이 그 자식 처음 축구 연습 하던 날……"

기억한다. 남자애들 사이에서 맥도 못 추던 병욱이 녀석이 처음으로 축구팀에 끼게 된 날이었다. 마침 나는 너석이 처음으로 몽정을 했다는 이야기를 걔네 가게에서 얼핏 엿들었던 차였다.

그땐 몽정이 뭔지 몰랐는데, 쉬쉬하는 걸 봐서는 불치병 비슷한 게 아닌가 싶었다. 그래서 축구 연습을 하는 병욱의 뒷덜미를 움켜쥐고 교문 밖으로 질질 끌고 나갔다.

"뛰면 안 돼. 너 몽정하잖아."

몽정이 무엇인지 알게 된 뒤 나는 더이상 과잉보호를 하지는 않았지만 병욱은 놀림감이 된 덕에 축구팀 연습도 못 했을뿐더러 다시 김삿갓처럼 외로이 학교를 누비는 신세가 되었다.

"그날 너 처음 봤어. 너희 둘 보면서 내가 아마 제일 큰 소리로 비웃었을걸."

스누피 대가리가 말한다. 녀석은 비닐봉지를 건넨다. 흘끗 안을 들여다본 나는 조금 실망한다. 도둑고양이가 두 달쯤 신나게 물고 다닌 것마냥 낡고 꼬질꼬질한 털장갑이다.

"네 거야. 예전에 네 책상에서 몰래 가져왔던 건데, 돌려줄게."

까맣게 때가 탄 손가락 부분이 마치 녀석이 입고 다녔던 바지의 무릎 부분처럼 툭 튀어나와 있다. 내가 기억하지 못하는 나의 무언가가 오랫동안 남의 손에 보관되고 있었다니 기분이 이상하다. 나와 눈이 마주친 스누피 대가리가 씩 웃는다. 심장이 농구공처럼 타앙, 하고 크게 한 번 튕긴다. 나는 얼떨결에 큰 소리로 입을 열고 만다.

"뭐야, 너 변태냐."

녀석은 이번에 부산으로 가면 언제 다시 이 동네로 돌아올지 모른다고 한다. 우리는 잠시 어색하게 서 있다. 녀석은 뒷목을 긁적이고, 나는 앞머리를 만지작거린다. 지우개로 열심히 문질러 놓은 공책 바닥에 희미하게 남아 있는 연필 자국처럼, 알 수 있을 것 같으면서도 좀처럼 분명히 읽히지 않는 말들이 가슴속에서 흔들거린다. 녀석은 돌아선다. 그리고 골목 모퉁이를 돌며 나를 향해 손을 흔든다. 나는 녀석이 보이지 않게 된 뒤에야 내가 정말 하고 싶었던 말을 알 수 있었다. '너 팔은 괜찮아?' 라는, 별것도 아닌 한마디였다.

주춤하는 것 같았던 감기는 내가 잠들어 있는 사이 두꺼운 담요처럼 나를 덮쳤다. 아침에 눈을 떴을 때 목구멍이 코끼리 뒷다리처럼 부어 있는 것을 느끼고, 비명도 지르지 못한 채 허우적거리다가 다시 기절하듯 잠들었다. 다시 깨어났을 때는 늦은 오후. 머리맡에는 약 봉지가 놓여 있다. 누군가 쾅쾅쾅 우리집 현관문 두드리는 소리를 듣다가 또 잠이 들었다.

아버지가 나를 흔들어댄다. 호들갑을 떠는 아버지 곁에서 누군가 두툼한 손으로 내 이마를 짚는다. 자정이 넘은 시각, 아버지는 나를 업고 응급실로 향한다. 게슴츠레 눈을 뜨자, 옆에서 맹렬하게 함께 달리고 있는 옆얼굴이 보인다. 한 마리의 물소 같은 오씨 아줌마다.

다음날 오후, 나는 병원 침대에 누운 채로 창문 밖을 내다본다. 석양이 지고 있다. 보조침대에 앉아 있던 아버지가 입을 연다.

"내가 저걸 삼켜보마."

아버지는 하늘의 허리춤 아래로 흘러내린 선명한 빛깔의 해를 가리킨다. 엄지와 검지로 해를 잡는다. 끙, 힘주는 시늉을 하다가 이윽고 보란 듯이 그것을 들어올린다. 나는 아버지의 손가락 사이에 끼워진, 빛나는 것을 물끄러미 바라본다. 아버지는 해의 껍질을 벗겨내고, 그것을 입 안에 넣고는 우물거린다. 쌉쌀한 우황청심환 냄새가 퍼진다. 해는 아주 천천히 가라앉는다. 나는 어이가 없어서, 닷새 굶은 거지의 방귀소리처럼 맥없는 소리로 웃고 만다.

오씨 아줌마는 참치죽을 끓여왔다. 이놈의 참치는 또 등장이로군. 나는 혓바닥이 사포가 되어버린 듯 입 안이 깔깔해져서 수저도 대지 않는다. 먹기 싫다는데도 아줌마는 끈질기게 죽그릇을 들이민다. 마지못해 한 입 삼킨다. 역시나 맛이 없다. 나는 아버지가 나간 틈을 타 아줌마에게 신경질을 낸다.

"난 귀찮게 구는 사람 정말 싫어해요."

그러자 아줌마는 더 바짝 다가앉으며 대꾸한다.

"어째 쓰까, 난 남 귀찮게 하는 게 취미인데."

아줌마는 또다른 무기를 꺼내는 킬러처럼 주섬주섬 무언가를 꺼낸다. 사과를 직접 갈아왔단다. 뭐 하나라도 제대로 먹는 모습을 보지 않으면 또다른 무언가를 끊임없이 내놓을 태세다. 얼핏 가방 안으로 삶은 메추리알이 보인다. 울고 싶다. 정말이지, 강적이다.

병욱과 소영, 나는 기차표에 적힌 시간을 확인한다. 소영이 이계집애가 머리를 말린다고 늦장을 부리다가 기차 출발시간이 아슬아슬하게 되었다. 우리는 버스에서 내리자마자 서울역 광장을 가로질러 달린다.

기차여행 내내 시끄럽게 떠들어대며 칸을 점령할 예정이었으나, 우리는 얼마 못 가 지치고 만다. 여행의 별미라는 사이다까지 두 캔이나 마셨는데 잠도 오지 않는다. 더군다나 덜컹이는 기차 안에서는 오래 닦지 않은 변기에서나 풍길 법한 지린내까지 난다. 병욱은 꾸벅꾸벅 졸고, 소영과 나는 말없이 창밖을 내다본다. 낯선 역들을 얼마쯤 지나쳤을까. 기차가 또 한번 새로운 역에 멈춰 선다.

"야, 저기 봐!"

소영이 가리킨 차창 밖의 기차역 저 뒤편에서 시커먼 연기가 뭉클뭉클 솟아오른다. 갑자기 소영이 벌떡 자리에서 일어나 가방을 끌어내린다.

"내리자!"

그애는 우리가 말릴 새도 없이 먼저 통로를 빠져나간다. 나는 얼떨결에 병욱을 깨워 소영을 뒤따라간다. 본래의 목적지에 다다르려면 아직 도착 예정시간이 사십 분도 더 남아 있었다. 우리는 낯선 역사를 지나 밖으로 나온다. 한적한 시내가 드러난다. 불길이 치솟고 있는 곳은 역 앞의 식당이다. 우리 셋은 구경꾼들 틈을 비집고 들어간다. 나란히 서서 기세 좋게 간판을 태우고 있는 불길을 올려다본다. 내가 조금 더 자세히 보기 위해 다가가자, 병욱이 내 옷깃을 끌어당긴다.

"뜨겁다."

소영이 말한다. 나는 고개를 끄덕인다. 깃발처럼 펄럭이며 허공을 날뛰던 불길은 뒤늦게야 제압된다. 식당 주인으로 보이는 남자가 바닥에 주저앉아 울고 있는 아내를 일으킨다. 아내의 손에는 음식찌끼가 말라붙은 기다란 국자가 들려 있다. 국자의 둥

근 은빛 몸뚱이 속으로 한 줄기 햇빛이 소리죽여 몸을 누인다.

우리는 근처 중국집에 들어가 자장면으로 끼니를 때운다. 자장면 면발이 온탕에서 실컷 때를 불리다가 나온 듯 퉁퉁 불어 있다.

"내가 예전에 어느 책에서 본 건데 말이야."

소영이 입가에 검은 소스를 묻힌 채 말을 꺼낸다.

"내가 가진 지도를 마지막 땔감으로 태웠을 때, 비로소 진짜 여행이 시작되었다, 라는 말이 있었어."

그리고 그애는 젓가락을 든 채 잠시 병욱과 나를 쳐다본다. 우리가 반응이 없자 소영은 다시 부지런히 자장면을 먹기 시작한다.

"그냥 그렇다고."

누가 먼저랄 것도 없이 우리는 일박 이일의 여행 계획을 접고 그날 저녁 서울로 올라왔다.

옆 동네에 새로 생긴 대형 마트에 들렀다. 전단지의 쿠폰을 들고 가면 두루마리 휴지 세트를 할인해준다. 휴지를 사들고 길을 건너는데 낯익은 얼굴이 보인다. 언젠가 동네 골목에서 보았던 사내아이다. 멜빵바지에 오리털점퍼를 입은 채로 엉거주춤하게 서 있던 녀석도 나를 발견한다. 젠장, 예감이 불길하나. 아니나 다를까 녀석은 표적을 발견했다는 듯 입을 일그러뜨리며 울기 시작한다. 녀석은 친구네 집에 놀러 왔다가 길을 잃어버렸다고 한다. 나는 휴지를 고쳐들고 녀석을 내려다본다. 녀석은 점퍼 소매로 눈물, 콧물, 침으로 범벅이 된 입가를 연신 훔치며 내 뒤를 졸졸 쫓아온다. 나는 휴지 세트에 붙어 있는 크리넥스를 뜯어 녀석에게 건넨다. 전에 마음먹었던 대로 오늘은 기필코 녀석을 뚝방에 버려두고 돌아가리라. 뚝방까지 가기도 귀찮다 싶으면 그냥 가까운 파출소 안으로 굴려보내야지.

"너, 이름이 뭐냐?"

"박영수."

흔하디흔한 이름이다. 동네 사거리에 다다르자, 녀석은 고개를 꾸벅 숙여 보이고는 후다닥 자기 집 골목 쪽으로 달려간다. 또 당했다. 나는 휴지를 내려놓고 신호가 바뀌길 기다린다. 다음번에는 저 어느 산골짝 같은 데서 혼자 울고 있는 녀석과 마주치지 않기만을 바랄 뿐이다. 녀석의 집을 알고 있는 한, 나는 또다시 녀석을 데려다주지 않을 수 없을 테니까.

갖고 싶은 것을 갖지 않는 것은 멍청한 일이다. 열아홉 살의 끄트머리에 선 지금도 그 생각은 여전히 변함이 없다. 그러나 굳이 원하는 것들을 자르고 구겨서 나의 주머니에 맞춰 우겨넣고 싶은 생각은 없다. 내가 예전과 달라진 점이 있다면, 갖는 것과 소유한 다는 것이 다르다는 사실을 깨닫게 되었다는 거다.

나는 옥상 난간에 기대어 서서 노래를 흥얼거린다. 스누피 대가리가 장갑과 함께 비닐봉지에 넣어두고 간 비틀스 음반의 곡 중 하나다. 음반에는 내가 녀석에게 엉터리 해석을 해주었던 곡도 들어 있다. 개는 내 곁에 붙어 서서 동네를 내려다본다. 꼬리를 흔들거리는 것이 곧 멍, 하고 한번 짖어댈 기세다. 포장마차 문을 열러 나가는 아버지의 모습이 골목 저쪽으로 보인다. 저 어디쯤의 골목에서 누군가는 길을 잃고 당황하고, 누군가는 반가운 사람을 마주쳐 기뻐하고, 또 누군가는 멀어지는 사람을 놓친 채 울고 있겠지.

매 순간 지구의 어느 한 부분쯤은 반드시 낮도 밤도 아닌 애매한 시간을 지나고 있을 것이다. 그리고 그곳의 하늘은 조금 기울어 있겠지.

뭐, 아니어도 상관없지만 말이다.

내 방을 벗어나지 않고서도
난 이 세상 많은 걸 알 수 있죠
창밖을 내다보지 않고서도

나는 하늘이 어떤지 알 수 있어요

먼 곳으로 여행을 떠날수록

더더욱 알 수 없죠

정말 더더욱 알 수 없어요

……

여행을 하지 않고서도 도착할 수 있고

보지 않고서도 모든 것을 알 수 있으며

해보지 않고서도 모든 것을 할 수 있어요

— 비틀스, 〈The Inner Light〉 중에서

작가의 말

처음으로 좋은 기회를 얻어 연재를 하게 되었다.

열한 살에서부터 열아홉이 되어가는 연이를 보면서, 내가 소년이었더라면 이런 여자애와 한번쯤 사귀어보고 싶었을 거라는 생각을 했다.

나는 여고생 때 걸핏하면 첫눈에 반했고 혼자 상처받길 잘했다. 아무도 들여다봐주지 않으면 외로워했지만, 또 타인이 나를 기웃거리기라도 하면 촉수를 날카롭게 곤두세웠다. 심각한 상황에서도 혼자 가벼운 장난과 농담을 하며 킥킥거리기를 좋아했다. 그건 지금도 마찬가지다.

첫 장편소설인 『시계탑』이 작은 섬의 등대처럼 나의 친구가 되었다. 늘 응원해주시는 소중한 분들께 감사드린다.

어젯밤에는 꿈을 꿨는데, 아주 맑고 시원한 물속이었다.

문학동네 장편소설

시계탑

ⓒ 전아리 2008

1판 1쇄 │ 2008년 5월 23일
1판 2쇄 │ 2008년 6월 10일

지은이 전아리 │ 펴낸이 강병선

책임편집 조연주 최유미
마케팅 장으뜸 방미연 정민호 신정민
제작 안정숙 차동현 김정후

펴낸곳 (주)문학동네 │ 출판등록 1993년 10월 22일 제406-2003-000045호
주소 413-756 경기도 파주시 교하읍 문발리 파주출판도시 513-8
전자우편 editor@munhak.com │ 전화번호 031)955-8888 │ 팩스 031)955-8855

ISBN 978-89-546-0582-3 04810
          978-89-546-0587-8 (세트)

www.munhak.com